# 13 HISTORIAS CORTAS

## Cathy McGough

Stratford Living Publishing

# LO QUE DICEN LOS LECTORES...

## V INO DANDELION

ESTADOS UNIDOS

"Dandelion Wine" es una historia corta que te hace sentir bien, aunque el epílogo me hizo sentir un poco triste por cómo cambian las cosas. Fue agradable visitar brevemente una época en la que las cosas eran diferentes.

"Una historia breve y dulce sobre una vida sencilla en un adílico día de verano".

## LA ESTRELLA MÁS BRILLANTE

"El amor nunca falla. La vida de amor de Linda y William se resume en esta breve historia. Una historia de frustración y lucha mientras se aferran al amor a pesar de todo".

"Espeluznante. Una breve historia agridulce sobre la tragedia de una mujer y su intento de salir adelante mientras está embarazada."

Del Reino Unido
"Gran historia. Excelentes emociones. Realmente lo sentí por Cath y Darryl".

## LA REVELACIÓN DE MARGARET
Desde Canadá
"Empecé a leer esta novela a los pocos minutos de comprarla, y una vez que empecé, tuve que terminarla. Disfruté mucho con esta historia. Está bien escrita, y no podías evitar sentir algo por la protagonista. Y la sorpresa del final me dejó boquiabierta".

## EL PARAGUAS Y EL VIENTO
De ESTADOS UNIDOS
"Ciencia ficción en su versión más moderna y oportuna. Buena lectura corta".

"El autor hila una imaginativa historia de Ciencia Ficción en la que aparecen un viento peligroso, un paraguas volador, una botella verde que gira y mucho más. Una historia corta con acción rápida".

Desde la India

"¡Qué viaje tan emocionante! El flujo es superrápido y la escritura coherente y fluida. De alguna manera, me recordó a Jerome K Jerome y a Tres hombres en un barco".

Del Reino Unido

"La madre de los malos fines de semana se encuentra con el extraterrestre. Escrito con un ingenio seco, se trata de un cuento bizzarro en el que aparecen un enorme objeto verde de aspecto alienígena, paraguas y pistolas. Una historia muy imaginativa, aunque no descabellada, que te atrapará hasta la última página. Matrícula de honor por tu imaginación creativa, Cathy McGough. Puede hacerte reír a carcajadas y derramar tu café".

**DESEO DE MUERTE**

Desde ESTADOS UNIDOS

"Lo leí en media hora anoche, después de acostarme. Me sentí triste por este hombre que sentía que su vida no tenía sentido. McGough lleva al lector hasta el borde mismo, e incluso cuando ha sobrepasado el punto de no retorno, no tienes ni idea de cómo acabarán las cosas. Una gran historia para leer durante la comida o la pausa para el café".

"Me gustó la creatividad de Cathy McGough al producir una breve novela de 20 páginas con una gran experiencia que cambia la vida de un hombre que no podía encontrar el propósito de su vida."

"Tenía este libro en mi KIndle desde hacía tiempo, pero cuando por fin me decidí a leerlo, no lo solté hasta que lo terminé. Aunque es una lectura muy corta, la trama y los personajes están plenamente desarrollados. Me ha encantado".

"Se lee como un episodio de Cuentos de la cripta o de La dimensión desconocida".

"Me encantó y, mientras leía, me preguntaba ¿POR QUÉ? Cuando lo descubrí, me horroricé, ese tipo de cosas son mi peor pesadilla".

## DE ESTADOS UNIDOS Y EL REINO UNIDO

"El autor utiliza hábilmente el monólogo interior del personaje para revelar su vida y la decisión a la que se enfrenta. Me atrapó hasta el final. Esta historia hábilmente contada es una lectura muy entretenida y la recomiendo encarecidamente."

# Indice de contenidos


Prefacio IX

Dedicación XI

VINO DANDELION 1

LA ESTRELLA MÁS BRILLANTE 19

LA REVELACIÓN DE MARGARET 27

EL PARAGUAS Y EL VIENTO 47

DARRYL Y YO 97

DESEO DE MUERTE 155

ADIÓS 177

SÓLO VEINTE 187

CHICO PANDÉMICO 199

LOS VISITANTES 205

LA CASA 209

UN ASESINATO 229

SIN MÁSCARA 235

Agradecimientos 243

Sobre el autor 245

También por 247

# Prefacio

Esta colección de relatos cortos incluye seis de los favoritos de mis lectores y siete relatos cortos nuevos que escribí durante la pandemia.

Dicen que "fuera lo viejo y dentro lo nuevo", pero yo digo que veamos el panorama completo.

¡Feliz lectura!

Cathy

# Dedicación

Para Dianne

# VINO DANDELION

Era 1967 y el verano estaba a punto de terminar cuando tiré de mi destartalada carreta roja por un camino de guijarros sin salida. El sonido de las ruedas de mi carromato era familiar para la gente de nuestra ruta.

"Bonito día para pasear", les decía.

"Desde luego que sí. Que tengas un buen día", me respondían.

Si mi amiga Sandra y yo teníamos suerte, nos traían agua helada, cola o limonada. Aunque no vivíamos cerca, la mayoría nos trataba con amabilidad. La mayoría de los propietarios, pero no todos.

"No seas pesado", me decía siempre papá, y no lo era. Siempre me ocupé de mis asuntos. No me entretenía ni trataba de llamar la atención. ¿Podía evitar que las ruedas chirriantes chirriaran?

Era una chica con un propósito, así que no importaba que me dolieran los brazos aunque deseara que crecieran más deprisa. No importaba que el carro volcara en un bache o que rodara hasta la cuneta.

Aun así, tenía en mente a la loca de una de las casas. Temía pasar sola por delante de su casa.

En otras visitas nos gritaba por no hacer nada. O nos insultaba. Una vez incluso hizo salir a su perro, babeando y ladrando. El chucho protegía la carretera como si fuera parte de su propiedad. Miré hacia el tejado, donde la vieja bandera canadiense ondeaba con la brisa. Algunos decían que se negaba a ondear la nueva bandera con la gran Hoja de Arce. Ella y su perro me daban escalofríos.

Se me aceleró la respiración al acercarme a la temida casa. Como era una calle sin salida, no tuve más remedio que pasar. Me detuve y miré hacia atrás para ver si venía Sandra. Aún no había rastro de ella.

Entonces recordé que la pata de conejo de la suerte de la abuela estaba en mi bolsillo. Me dio valor. Tiré de la carreta con ambos brazos y me apresuré a pasar.

Sabía que la Vieja Señora Macguire estaba allí. No tenía que verla. Podía sentirla. En la casa de la izquierda, detrás de las cortinas. Mirándome mal. Odiaba a los niños, a todos los niños.

Unas casas más adelante, casi tropiezo con el cordón de mi zapato. Lo estabilicé antes de ponerme en cuclillas para volver a atármelo. Mientras lo hacía, miré hacia atrás por encima del hombro y vi cómo se movían las cortinas. Ya no importaba. Estaba fuera del alcance de su mal de ojo.

"¡Eh, espera! Espera!", el sonido de la voz de mi amiga acompañaba al de sus sandalias al chocar con el pedregoso camino.  Por fin llegó mi mejor amiga. Sandra siempre llegaba tarde a todo.

Me volví en su dirección y la vi pasar corriendo junto a la casa de la anciana Lady Macguire. Se quedó sin aliento cuando llegó hasta mí. Caímos abrazadas. Las dos habíamos pasado sanas y salvas por delante de la morada de la vieja bruja.

"¡Ya era hora!" dije un poco impaciente cuando nos separamos.

"Lo siento, tenía tareas que hacer y mamá se empeñó en cepillarme el pelo. Decía que era una vergüenza pública".

"Tu vestido es bonito", dije fijándome en los pliegues y los lazos que adornaban los dos bolsillos delanteros. Era bonito, y completamente inapropiado para recoger fruta.

Sandra agarró su mitad del asa del carro con una mano y presionó la parte delantera del vestido con la otra. "Odio el rosa", dijo.

Su mano junto a la mía encajó perfectamente y pudimos tirar de la carreta una al lado de la otra con facilidad.

"Mamá me hizo prometer que pararía en la tienda de la esquina de camino a casa y compraría una barra de pan". Se metió la mano en el bolsillo: "Ves, me dio veinticuatro céntimos, más cinco para que pudiéramos compartir un polo de plátano".

"Oh, eso es algo que nos hace ilusión". El plátano era nuestro sabor favorito.

Seguimos caminando. Un perro ladró en algún lugar detrás de nosotros.

"Para conseguir el dinero del polo, tuve que ponerme este estúpido vestido".

"No es estúpido", dije mintiendo y deseando tener un bonito vestido propio que pudiera ponerme un día que no fuera de iglesia. Con dos hermanos, una hermana y otro bebé en camino, no era probable que me comprara un vestido nuevo a corto plazo.

Sandra susurró: "¿La has visto?". Sabía que se refería a la Vieja Señora Macguire. "¿Sentiste hoy su mirada maligna sobre ti?".

"No, porque he cruzado los dedos y los ojos". mentí.

"Bien pensado", dijo cambiando la mayor parte del peso sobre su costado y preguntando: "¿Quieres que me haga cargo y tire un rato?".

"No, podrías ensuciarte el vestido". Sandra soltó una carcajada. "Es más divertido juntas", dije mientras pasábamos por la casa del señor Holiday y luego por la del señor y la señora Otter.

Casi al llegar a nuestro destino, nos quedamos callados. Como mejores amigos, no teníamos por qué estar hablando todo el tiempo. El propósito de nuestro viaje era compartido y dependía de los *groselleros negros de la Srta. Virginia Martin. Si había muchas grosellas, nos dejaba llevar una parte. Si la cosecha era escasa, nuestro viaje de nuevo habría sido en vano.

"Estoy deseando ver cuánta fruta hay", dije.

"Tengo la sensación de que tendremos suerte", dijo Sandra.

Nos detuvimos a mirar la casa de la Srta. Virginia. El jardín delantero estaba siempre inmaculado, era como si el viento supiera que debía apartar la basura y las hojas para que no estropearan su bonito césped.

Desde que era pequeña, siempre buscaba caras amables en las casas. Mamá decía que era una costumbre que se me quitaría con el tiempo.

La casa de la señorita Virginia tenía una cara inusual pero amable, con dos ventanas redondas en la parte superior. Cuando las persianas estaban bajadas hasta la mitad o hasta el fondo, parecían párpados. Este rasgo era diferente de cualquier otra casa que hubiera visto.

Entre los ojos crecía una nariz. Una nariz hecha de ladrillos. La diferencia era que estos ladrillos estaban de pie, mientras que el resto de los ladrillos estaban de lado. Me dio escalofríos, pues era como si el constructor supiera que estaba haciendo un rasgo de nariz sólo para mí. Ya sé que puede parecer una tontería.

Luego, la boca de abajo, que estaba formada por las puertas dobles. Una vidriera en la parte superior le daba el aspecto de una hilera de dientes con aparato.

Me encantaba quedarme mirando la casa porque también era un lugar donde prosperaba la naturaleza. Me reí recordando cómo la hiedra que crecía salvajemente hacía que a veces pareciera que la casa tenía bigote o barba.

Me di cuenta de que Sandra tarareaba Penny Lane. Siempre tarareaba cuando estaba aburrida. Los Beatles estaban bien, pero yo prefería a los Stones.

Sandra se apartó el pelo rubio de la cara, mientras las moscas zumbaban a su alrededor como si su transpiración fuera una invitación a enjambrar.

Me solté del carro y me puse de puntillas para ver por encima de la valla. Esperaba ser lo bastante alto esta vez, pero no hubo suerte. Sandra lo intentó, ya que era un poco más alta, pero tampoco pudo ver por encima. Sostuve el carro mientras Sandra se subía e intentaba ver por encima, pero ni siquiera eso sirvió.

"Creo que será mejor que subamos y preguntemos", dijo Sandra.

"Me parece bien".

Tiramos de la carreta hasta el jardín delantero de la Srta. Virginia, aparcamos y subimos por el largo camino de entrada, flanqueado de flores. Los girasoles asentían con la cabeza, inclinándose ante nosotras como si fuéramos de la realeza. Unos cuantos dientes de león luchaban a la sombra de su primo.

"¿Recuerdas aquella vez que mi padre nos dejó probar el vino de diente de león que hacía?".

"Era la cosa más horrible que he probado nunca", dijo Sandra.

"Lo sé, pero aun así no deberías haberlo escupido". Nos reímos al recordar el vino salpicando toda la camisa de papá. "Papá pensó que habías sido muy grosera".

"No pretendía serlo". Se miró los pies. "Oye, ¿sabes qué? Podríamos pedir girasoles y venderlos".

"Son bonitos, pero sigamos con el plan. La señora Smith dijo que nos pagaría dos cuartos (cincuenta céntimos) por tantas grosellas negras como pudiéramos llevar, así que ya tenemos comprador. No conocemos a nadie que quiera girasoles".

"Sólo pensaba que alguien podría querer las semillas. Pero vale".

Miré a mi amiga y opté por no decir nada más sobre el asunto.

Al pie de la escalera, reunimos nuestros pensamientos. Por experiencia, sabíamos que lo importante no era lo que decíamos, sino cómo lo decíamos.

La última vez fracasamos estrepitosamente. La Srta. Virginia dijo que las grosellas negras aún no estaban listas. Dijo lo emocionada que estaba por crear nuevas recetas para la Feria Anual de Otoño.

La Srta. Virginia era famosa en nuestro condado, pues había ganado numerosas Medallas de Oro por recetas relacionadas con las grosellas negras. A menudo aparecía su foto en el periódico local, a veces incluso en la portada.

Así pues, guardarse la fruta para sí estaba en su derecho, pero compartir era la esencia del mundo. Esperábamos convencerla de que nos asignara una porción de grosellas negras.

En aquella visita, la decepción debió de reflejarse en nuestros rostros, porque la Srta. Virginia nos invitó a ayudarla a recoger manzanas y peras en su lugar. Se ofreció a pagarnos diez céntimos a cada uno, pero eso no fue suficiente para que consiguiéramos lo que queríamos. Le dimos las gracias por su amable y generosa oferta, pero la rechazamos.

"¿Y si dice que no? preguntó Sandra con una mueca de dolor mientras me miraba a los ojos.

Alargué la mano y toqué los largos mechones rubios de mi amiga, y luego di un pequeño tirón del mechón. "Venga, vamos a averiguarlo".

Sandra echó a correr, pero la atrapé a tiempo y pronuncié las palabras "DECORUM", a lo que Sandra respondió: "¿Eh?". "Más despacio", le susurré. "Recuerda que somos señoritas".

Soltamos una risita. Sandra volvió a alisarse la parte delantera del vestido.

Saqué las manos de los bolsillos y alcancé la aldaba. Antes de que la tocara, la señorita Virginia abrió la puerta de golpe. Sonreía, no sólo con la boca, sino también con los ojos. Se alegraba de vernos, eso era buena señal.

"¿A quién tenemos aquí en esta bonita mañana?", preguntó, sabiendo muy bien a quién tenía allí porque Sandra y yo llevábamos viniendo todo el verano. Habíamos subido a su porche más de una docena de veces preguntando por las grosellas negras.

"Somos nosotras, Sandra y yo", dije, y las dos hicimos una especie de reverencia. Fue nuestro mejor intento de reverencia, aunque la verdadera Reina de Inglaterra no lo hubiera creído así. La señorita Virginia aplaudió.

"Vaya, vaya", dijo la señorita Virginia, mientras nos miraba de arriba abajo. Sandra con su bonito vestido rosa y yo con mi mono. "¿No parecéis las dos...?". Dudó. "Me recordáis a...". Hizo una pausa, sus palabras y su expresión facial se congelaron. Sus ojos se entristecieron, sólo un segundo. Sonrió. "Parecéis un cuadro, de hecho, me gustaría haceros una foto, si no os importa".

Su cambio de feliz a triste y de nuevo a feliz me hizo doler el estómago. Miré a Sandra y estuvimos de acuerdo. La Srta. Virginia nos invitó a esperar dentro mientras preparaba la cámara. En la otra habitación la oíamos abrir y cerrar cajones.

"Me preocupa el vagón", susurró Sandra.

Me eché hacia atrás y miré por la ventana. "Todo va bien". Después de aquello, no perdí de vista el carromato, pues no quería que volviera a perderse.

Como aquella vez que entramos a tomar un vaso de limonada. Cuando volvimos a salir, ya no estaba. Caminamos y caminamos intentando encontrarlo, pero no había ni rastro del carromato.

Sandra y yo nos fuimos a casa. Yo estaba terriblemente disgustada, lloraba como un bebé. La carreta significaba mucho para mí, con sus ruedas chirriantes y todo. Había sido un regalo de Navidad de mis abuelos.

Nuestros padres y amigos buscaron hasta que se encendieron las farolas. Al día siguiente pusimos un anuncio en Objetos Perdidos. La encontraron más allá de la zona boscosa, volcada en el campo de un granjero.

Sandra y yo sabíamos quién lo había puesto allí. Por supuesto, fue la Vieja Señora Macguire, pero no teníamos pruebas. Papá decía que nunca había que acusar a nadie de nada sin pruebas, pero la habíamos visto observándonos con su mal de ojo.

Justo entonces, la señorita Virginia regresó llevando una Kodak Instamatic. Había visto un anuncio de ella en el ejemplar de papá de la revista Life. El 104 era una auténtica maravilla.

"Acercaos, chicas".

"¿No habría mejor luz fuera?" le pregunté.

Ella sonrió y abrió la puerta principal.

Esperamos en el porche, intentando no inquietarnos demasiado mientras la Srta. Virginia decidía dónde quería que nos pusiéramos para conseguir la mejor luz.

Me apoyé en la pared del porche, intentando vislumbrar los arbustos de grosellas negras, pero no lo conseguí.

"Hmmm -dijo la señorita Virginia-, ¿por qué no vamos al jardín? Con todo floreciendo podríamos hacer unas fotos maravillosas".

Sandra y yo sonreímos.

Bajamos las escaleras. Sandra llegó abajo de un salto, para mi desdén. A la Srta. Virginia no pareció importarle. Paseamos detrás de ella, asimilando cada palabra. "Aquí es donde crece el perejil, y aquí están mis tomates.  Qué altos han crecido este año. No hay nada como la salsa de tomate fresca. Y aquí está mi huerto de dientes de león. Los uso para hacer vino de diente de león".

Sandra jadeó e hizo una mueca.

La señorita Virginia no pareció darse cuenta. "Y aquí está mi huerto de grosellas negras, pero claro, eso ya os lo sabéis".

Intenté no parecer demasiado emocionada y eché una mirada por encima del hombro a la carreta, evaluando cuánto podíamos llevar en un solo viaje. Ojalá lo hubiera llevado al jardín con nosotras.

Sentí que el brazo de Sandra rozaba el mío. Me di cuenta de que tenía la boca abierta mientras miraba las grosellas. Parecía un perro esperando su cena.

"Yo la cerraría, jovencita -exclamó la señorita Virginia-, a menos que quieras cazar moscas".

Sandra ocultó la boca tras la mano.

La señorita Virginia se rió casi a carcajadas mientras contemplábamos los arbustos de grosellas negras en plena floración. La fruta colgaba, lista para ser recogida. Montones y montones de grosellas. Estábamos tan emocionadas que soltamos un chillido.

"Primero las fotos", nos recordó la señorita Virginia. La Srta. Virginia intentó encontrar el mejor ángulo posible, teniendo en cuenta que los árboles se extendían a la luz del sol, creando sombras.

Me di cuenta de que con tantas grosellas listas para recoger, la Srta. Virginia necesitaría nuestra ayuda y tendría que ofrecernos más dinero que cuando nos pidió que recogiéramos las manzanas y las peras. Con las manzanas y las peras, estábamos limitados a lo que podíamos alcanzar. Con los arbustos de grosellas, podíamos pasear y coger todas las grosellas.

"¿Podemos coger algunas ahora?" preguntó Sandra.

Negué con la cabeza, esperando que no hubiera echado a perder nuestra oportunidad.

"Me gustaría hacerte una foto con los groselleros detrás. Tened cuidado, no los aplastéis ni arranquéis los frutos y, por el amor de Dios, no os comáis ninguno antes de la foto o se os mancharán las manos y la boca. Me acabo de acordar. Ahora, chicas, esperad aquí mientras entro un momento".

Solas, situadas justo delante de las grosellas, era como si nos estuvieran llamando por nuestros nombres. Nos agitamos. Esperamos. Intentamos no escuchar el susurro de los groselleros. Nos invitaron a coger una. A probarlas.

"Esto es una locura", dijo Sandra. Abrió y cerró los puños. Se giró y miró hacia los groselleros.

Yo también me giré. "Estoy de acuerdo. Pero si esperamos a las grosellas negras, ganaremos suficiente dinero vendiéndolas en una tarde".

"Cierto", dijo Sandra, mientras miraba los racimos de fruta. "Pero necesito uno"

"No lo hagas", dije yo.

"¡Pero ella nunca lo sabrá!"

"Vale, cojamos una baya".

"Pero son tan pequeñas".

Sandra cogió una y yo también. Me la metí en la boca y el sabor dulce y ácido me hizo querer otra. Y otra más. Cogimos un puñado y nos las metimos en la boca. El zumo de grosella me cubrió la lengua.

La Srta. Virginia volvió al jardín.

Debíamos de tener muy buen aspecto. Sandra con el zumo manchado en la cara y en el vestido. Yo escondiendo las manos en los bolsillos.

La señorita Virginia no se enfadó con nosotras. En cambio, dijo: "Madre mía, mira qué vestido más bonito". Sacudió la cabeza. Se apartó. "Eso es todo por hoy, chicas. Iros a casa".

"Pero, señorita Virginia. ¿Qué pasa con las grosellas negras?"

"Sí", dijo Sandra, "sentimos no haber esperado, pero nos estaban llamando".

La señorita Virginia se rió. "Recuerdo cuando nos llamaban a mis hermanas y a mí".

Volvió a ponerse triste y mi estómago hizo esa cosa rara. "¿Y las fotos?"

La Srta. Virginia nos pidió que ocupáramos nuestros sitios y luego dijo: "Decid queso". Después de unas cuantas fotos, preguntó: "¿Por qué os interesan tanto mis grosellas negras?".

Sandra me susurró al oído y accedimos a contárselo todo.

"Srta. Virginia, queremos ganar suficiente dinero para intercambiar pulseras de la amistad. Las vimos en el mercado y cuestan 25 centavos cada una", dijo Sandra.

"La señora del mercado las hace ella misma. Dijo que podríamos hacer una ceremonia de la amistad y entonces seríamos mejores amigas de por vida".

La señorita Virginia no habló al principio. En lugar de eso, salió por la puerta y la seguimos. Se detuvo y tocó las caras de los girasoles, como si las flores fueran viejas amigas. Parecía ensimismada.

Me pregunté si estábamos pidiendo demasiado y ofreciendo poco a cambio.

"Venid conmigo", dijo la Srta. Virginia mientras empezaba a recoger dientes de león. Cuando tuvo los brazos llenos, le pasó algunos a Sandra, recogió más y me los pasó a mí. Aún sin terminar, recogió más y los guardó en la parte delantera de su vestido. Se sentó e hizo un montón con las que había recogido. Nos pidió que combináramos nuestras flores con las suyas. Nos sentamos también, Sandra a un lado y yo al otro.

La Srta. Virginia cogió una flor, luego otra. Observamos cómo introducía la uña en los tallos y dejaba fluir la leche del diente de león. Aunque tenía los dedos pegajosos, siguió enhebrándolos para crear una ristra de dientes de león.  Terminó una ristra y empezó otra.

"¿Ves esta sustancia lechosa? preguntó la Srta. Virginia. Asentimos con la cabeza. "¿Qué creéis que es?

"¿Es sangre?" preguntó Sandra.

Yo también me lo pregunté, pero no quise decirlo porque nunca había oído hablar de sangre blanca. No me aventuré a adivinarlo y en su lugar me encogí de hombros.

"Chicas, ¿habéis oído hablar del látex?".

Sacudimos la cabeza.

"Lo utilizan para fabricar goma".

"¿Quieres decir como mi pelota de goma de la India?".

"¡Rebota muy alto!" dijo Sandra.

"Sí, chicas, lo habéis conseguido. Por eso es tan pegajosa". Siguió ensartando las flores. "Las hacíamos mis hermanas y yo cuando teníamos tu edad".

"¿Qué les pasó, me refiero a tus hermanas?" preguntó Sandra.

"Están en el cielo", dijo, mientras empezaba un tercer cordón floral.

"Al menos están juntas".

La señorita Virginia me dio una palmadita en la mano. "Eres muy madura para tu edad, ¿verdad? ¿Has dicho que acabas de cumplir siete años?"

"Sí, lo dije".

"¿Y tú Sandra?"

"Yo también tengo siete años".

La señorita Virginia miró al cielo y durante unos instantes contemplamos las nubes que navegaban sobre nosotros.

"Aquélla parece un oso", dije señalando hacia arriba.

"Y aquella parece una gran mancha de nada", dijo Sandra.

Nos echamos a reír. La Srta. Virginia tenía una risa encantadora. "Ahora, ¿quién va primero?", preguntó, y como yo estaba más cerca de ella, me cogió del brazo. Colocó el cordón de flores alrededor de mi muñeca y cerró el círculo: era una pulsera. Hizo lo mismo en la muñeca de Sandra y luego cerró el tercero alrededor de la suya.

"Ah", dijo la señorita Virginia al darse cuenta de que le quedaban bastantes dientes de león. Empezó a ensartarlos hasta que no le quedó ninguno. Se levantó. Nosotras también nos levantamos.

La señorita Virginia colocó la ristra de flores sobre la cabeza de Sandra. "Se llama guirnalda", dijo. "¿Quieres una tú también?"

"No, gracias", dije.

"¿Podría hacerte un bonito collar?".

Me miré los pies. "No querría gastar todos los dientes de león. Los necesitas para el vino".

Sandra cruzó los ojos y sacó la lengua.

La Srta. Virginia no prestó atención al tirón de orejas de Sandra.

"Oh, no es ninguna molestia", dijo la señorita Virginia, "todavía me quedan algunos del año pasado", y empezó a recoger. Nos unimos a ella y, con las tres trabajando juntas, en poco tiempo llevaba un precioso escote soleado. Cuando giraba, giraba también.

Satisfechas con nuestros adornos, Sandra y yo no teníamos prisa por marcharnos y pasamos la tarde arrancando malas hierbas y arreglando el jardín.

Cuando se acercaba la hora de cenar, dijimos que teníamos que irnos.

"Esperad aquí un momento", dijo la Srta. Virginia. Volvió con una toallita, un cuenco lleno de agua y su cartera. "¿Me permite?

Cuando Sandra asintió, la señorita Virginia mojó el paño en el agua y levantó la mancha del vestido de Sandra. "Se secará mientras vuelves a casa". Utilizó el paño para lavarnos las manos y la cara.

"Gracias", dijimos.

"Ah, y una cosa más", metió la mano en su cartera y nos dio dos monedas de 25 centavos.

Después de todo, ¡podríamos comprar las pulseras de la amistad!

Sin dudarlo ni consultarlo, las rechazamos agradecidas.

A la Srta. Virginia no pareció importarle. "Hasta el año que viene", dijo antes de cerrar la puerta principal.

Tiramos de la carreta vacía por el camino lleno de baches, sujetando el asa con cuidado para no dañar nuestras pulseras.

"¿Quizá el año que viene?" preguntó Sandra.

"Sí, quizá el año que viene", contesté. "Ahora, vamos a por esa barra de pan".

Sandra metió la mano en el bolsillo. Sacudió el cambio. "No olvides el polo de plátano".

Al llegar a la tienda de la esquina, soltamos la manivela y nos apresuramos a entrar sin pensar en la Vieja Señora Macguire.

# EPÍLOGO

Volví a esta calle con mi hijo adolescente cuarenta y siete años después y, como puedes imaginar, muchas cosas habían cambiado. Algunas para bien y otras no.

La calle ya no era un callejón sin salida. Estaba totalmente pavimentada y ensanchada, por lo que ya no había zanjas. La mayoría de las casas se habían reconstruido con revestimiento de madera y aluminio. Algunas tenían antenas parabólicas.

Ahora que la calle estaba abierta, una nueva carretera, montones de casas, una torre de telefonía móvil y una instalación hidroeléctrica llenaban el espacio.

La casa de la Srta. Virginia ha sido derribada y convertida en viviendas. El jardín trasero se ha pavimentado para convertirlo en un aparcamiento.

La casa de la anciana señora Macguire está prácticamente igual, aunque las cortinas se han sustituido por contraventanas californianas.

Sandra y yo nos separamos cuando su familia se trasladó al Norte. Ella volvió a casa en 1975, y fuimos a ver la película Tiburón. Después perdimos el contacto.

Mi carro rojo pasó a mis hermanos y a mis hermanas, y luego a mis primos. Si pudiera hablar, tendría muchas historias maravillosas que contar.

La mera mención de las grosellas negras todavía me transporta al verano del 67.

# LA ESTRELLA MÁS BRILLANTE

Era tarde y una joven pareja estaba de pie bajo el manto del cielo nocturno despejado. Detrás de ellos, un muro de fragantes árboles de hoja perenne custodiaba los límites.

Bajo la luna llena, William y Linda se tomaban de la mano, aunque sus ojos y sus espíritus estaban consumidos por las estrellas.

El cielo de medianoche extendía sus brazos abiertos sobre ellos. En el abrazo de la noche oscura, bailaron lentamente el selecto repertorio del Cenzontle del Norte, mientras las estrellas y las luciérnagas se disputaban la atención.

La pareja se sintió como si fueran los dos únicos seres vivos que quedaban sobre la tierra. Juntos estaban en el confín del mundo, observando escuchando, casados con el cielo y, después de que el Cenzontle se alejara, con los estimulantes sonidos del silencio.

Hasta que una estrella solitaria se encendió, justo delante de ellos, llamando la atención sobre sí misma. Una estrella fugaz. Cayendo. Abriéndose camino por el cielo. Chisporroteando, dentro de una corriente eléctrica invisible, acelerando, cayendo.

"Escucha, ¿has oído eso?" preguntó William.

"Sí, sonaba como ángeles, batiendo las alas", contestó Linda.

Observaron cómo avanzaba, cambiaba de rumbo y desaparecía tras una nube. La experiencia de verlo, de compartirlo, hizo que la pareja se sintiera parte de algo más grande que el ser, algo de otro mundo.

Todos hemos nacido del polvo de estrellas. Conectados para siempre, tanto los vivos como los muertos.

Cuando la estrella dejó de ser visible, la pareja se sentó junta y esperó a que ocurriera algo más. Ninguno de los dos habló, pues retenían el recuerdo, mezclando sentimientos y sensaciones. Enmarcando el momento en sus mentes para siempre.

Linda y William sabían una cosa con certeza: la naturaleza era la clave. En los días en que todo parecía imposible, en que la vida era invivible, una conexión espiritual con los elementos les sanaba. Les daba esperanza y elevaba sus corazones, mentes y cuerpos.

"¿Has pedido un deseo?" preguntó Linda mientras una bandada de gansos canadienses surcaba el cielo tocando la bocina.

"No, ya te tengo a ti", respondió William mientras estrechaba a Linda entre sus brazos. La joven pareja siguió mirando hacia el cielo hasta que los gansos dejaron de verse y de oírse.

Linda y William habían pasado por tantas cosas juntos y, sin embargo, para cada uno, el otro era suficiente.

"Sabes, podría sentarme aquí eternamente contigo, William, y dejar que el mundo pasara. No siento que me esté perdiendo nada, y me gusta cuando el mundo está en silencio y es casi como si tú y yo estuviéramos abandonados en una isla propia."

William la abrazó cada vez más fuerte y Linda estaba ahora cómodamente sentada en su regazo.

Mientras unían sus manos, sonó una sirena a lo lejos. Irrumpió momentáneamente en su pequeño mundo hasta que William, con voz susurrante, empezó a recitar su poema favorito de Walt Whitman:

"Cuando escuché al astrónomo erudito, cuando las pruebas, las figuras, se alinearon en columnas ante mí, cuando me enseñaron las cartas y los diagramas, para sumarlos, dividirlos y medirlos, cuando escuché al astrónomo cuando disertaba con muchos aplausos en la sala de conferencias, cuán pronto, inexplicablemente, me cansé y enfermé, hasta que, levantándome y deslizándome, me alejé por mi cuenta en el místico aire húmedo de la noche y, de vez en cuando, miraba las estrellas en perfecto silencio". *

Una sirena gritó a lo lejos, rompiendo el momento. Le siguió otra y una tercera. Los ecos rasgaron la calma, pero sólo durante un tiempo fugaz, como lo había hecho la estrella. Uno gritando, otro ardiendo. Ambos necesitaban llegar a alguna parte, rápido. El primero era un sonido feo y áspero, un sonido que significaba peligro y caos. Un semejante necesitaba ayuda, inmediatamente.

La segunda, una estrella, hermosas alas de ángel agitándose, muriendo. El final.

Así es la vida y así es la muerte. Todos acabamos igual, por mucho que gritemos o por mucho que intentemos destacar, ser útiles.

La pareja permaneció sentada, totalmente perdida en el momento. Compartiendo cada aliento mientras la noche se desplegaba a su alrededor. Chirriaban los grillos y zumbaban los mosquitos. Los árboles gemían, expresando su indignación contra el viento por despertarlos prematuramente.

Linda recordó el día en que conoció a William. In estaba en el instituto y tenían dieciséis años. Linda era la chica nueva, de una familia militar que se mudaba continuamente. Aun así, nunca tuvo problemas para encajar o hacer amigos porque era dulce y guapa y la gente se sentía atraída por ella. El primer día que vio a William en el campo de fútbol, supo que era el indicado para ella. Él la miró, sonrió y, poco después, la invitó a salir. Pronto se convirtieron en novios. Destinados a estar juntos para siempre.

William era hijo único y su primer amor era el deporte. Esperaba poder ir gratis a una de las mejores universidades con una beca de fútbol después de graduarse. Cuando no estaba practicando, estaba jugando. No era un erudito, ni mucho menos, pero admiraba el trabajo exigente y era un excelente juez de carácter. Un día vio a Linda luchando por abrir la cerradura de su taquilla. Se ofreció a ayudarla, pero se abrió en cuanto se lo pidió. Después de aquel día, quiso invitarla a salir, pero no lo hizo hasta el día en que intercambiaron miradas en el campo de fútbol. Cuando ella le sonrió, supo que era la elegida.

Por desgracia, sus carreras les llevaron por caminos diferentes. Ambos se despidieron con lágrimas en los ojos. Ambos prometieron volver a casa todos los fines de semana y mantenerse en contacto todos los días. Al principio, se enviaban mensajes de texto y se llamaban a diario, luego pasaron a hacerlo cada dos días y después semanalmente. Pero no pasaba nada, porque seguían viniendo a casa todos los fines de semana, para verse y estar juntos. Separarse y volver a estar juntos les hizo más fuertes y más unidos.

Entonces ocurrió algo, ninguno de los dos sabía con certeza qué era. Quizá estaban demasiado ocupados, o quizá estar separados se convirtió en la nueva norma.

Añorando la compañía del otro pero sin poder tenerla, empezaron a salir con otras personas. Se pusieron de acuerdo para ver a otras personas, para tantear el terreno, por así decirlo.

William salió una o dos veces, pero viera a quien viera, sólo podía pensar en Linda. Se preguntaba qué estaría haciendo y con quién. Intentaba que no le importara cuando la gente hablaba de ella o la veía en una cita, pero le importaba: la quería, lo era todo para él, pero si ella era feliz, él era lo bastante hombre como para apartarse y darle tiempo para que averiguara lo que ya sabía.

Linda también tenía citas, era despampanante e inteligente. Intentó apartar a William y los pensamientos sobre él de su mente. Lo intentó todo, salió con chicos diferentes a William, pero siempre le faltaba algo. Cuando se enteró de que salía con otras mujeres, sacó la barbilla y dijo: "Si él puede hacerlo, entonces yo también". Una de sus amigas, que en secreto quería a William para ella, la despreció y Linda siguió saliendo con un tipo que sabía que no era para ella. De hecho, ninguno de los chicos podía estar a la altura de William porque ella le quería a él y sólo a él. Su corazón no podía amar a ningún otro.

Entonces volvió a casa, y William también estaba en casa, y corrieron el uno hacia el otro como hacían los actores en las películas y juraron que, una vez que se graduaran, no volverían a separarse. Y así fue.

Quince años después, seguían casados. Seguían juntos.

Incluso cuando perdieron sus trabajos. Trabajar en la misma empresa tenía sus ventajas, pero no cuando la economía iba mal y era el último en entrar el primero en salir. Linda fue la primera en ser despedida, y se apresuró a buscar otro trabajo, pero con el bebé en camino decidieron seguir en la misma empresa: William trabajaba a jornada completa y tenía todas las prestaciones médicas, y Linda se quedaba en casa hasta que su hijo tuviera edad suficiente para ir a la guardería (que la empresa tenía in situ).

En lugar de mejorar, la economía empeoró y pronto William también se quedó en paro. Ambos aceptaron trabajos esporádicos, donde y cuando podían, repartiéndose el cuidado de su hijo, ya que contratar a una niñera sería demasiado costoso y necesitaban hasta el último céntimo para seguir pagando la hipoteca.

Cuando no encontraron trabajo, perdieron su casa. Hipotecada hasta las cejas, igual que todos sus amigos y luego, sin casa. Vivieron en su coche durante unos meses, hasta que los acreedores los localizaron y también se lo embargaron.

Permanecieron juntos, fuertes. Aferrándose el uno al otro.

Cuando perdieron a su hijo, todo se puso a prueba. Sin seguro médico, sin casa, sin dirección. Un virus, gripe, neumonía y una noche, se había ido.

Perderle, casi les llevó al borde del abismo. Se tambalearon y tambalearon, mientras las olas de la desesperación los arrastraban hacia abajo, y las botellas de alcohol automedicado los levantaban durante unos instantes y luego los arrojaban a la cuneta y casi los destrozaban. Ahora sólo tenían recuerdos de su hijo y una foto enmarcada en una ranura de plástico en el centro de una almohada que llevaban en una mochila con una muda de ropa, artículos de aseo y un rollo de papel higiénico.

Entonces descubrieron una conexión con su hijo a través de la naturaleza. Caminaban, cada vez más alto, sintiendo su presencia en relación con el cielo. No necesitaban sustento o, cuando lo necesitaban, encontraban algo en la naturaleza. Bañándose en los arroyos, comiendo manzanas y bayas silvestres. Dientes de león y espárragos silvestres. Cogollos y cebolletas. Berros y arroz salvaje del norte. Todos manjares que podían buscar y preparar sin tener nada a mano. Y el agua, sorbían el rocío matutino de las hojas de los árboles y, cuando llovía, abrían la boca al cielo y bebían hasta saciarse.

Y encontraron este lugar, muy por encima de las luces de la ciudad. Lejos de la tentación y de la contaminación acústica. Rodeados de naturaleza, donde podían estar totalmente juntos. En un lugar donde no tenían que esconderse del dolor, donde la naturaleza lo absorbía por ellos, en ellos.

Donde la sencillez de una estrella descendente podía cautivarles y devolverles a su hijo en un instante, en la muerte de una estrella nocturna.

"Será mejor que durmamos un poco, mañana será un gran día", dijo William, mientras estiraba los brazos y bostezaba.

"Aunque no me gustaría ver cómo acaba éste".

Un conejo saltó por la hierba, deteniéndose de vez en cuando para olisquear el aire. Sus estómagos gruñeron, pero ninguno de los dos estaba dispuesto a quitar una vida por un alimento.

Linda metió la mano en la mochila y sacó la almohada. Besó la foto de su hijo y William hizo lo mismo.

William palmeó un lugar para él y luego otro para Linda.

Linda esponjó la almohada. La colocó en el suelo y apoyó la mejilla en la foto de su hijo. William hizo lo mismo.

Se acurrucaron juntos, como dos cucharas.

Como William estaba en la parte de atrás, desdobló con cuidado las páginas del periódico, Una ráfaga de viento se dirigió hacia ellos, haciendo notar su presencia. William apretó los periódicos contra su pecho, protegiéndolos como si fueran más valiosos que el oro.

Cuando el aire se calmó de nuevo, William cubrió a Linda con la primera y la segunda página, y luego ocupó el espacio con la superposición de la tercera y la cuarta.

Se acurrucaron más cerca. Tan cerca como podían estar dos seres humanos.

"Buenas noches, amor", dijo él.

"Buenas noches, amor", respondió ella.

*Cuando oí al astrónomo erudito de Walt Whitman 1865

# LA REVELACIÓN DE MARGARET

L A PRIMAVERA ESTABA EN el aire. Aun así, Margaret no podía salir de su depresión.

Cuando los sentimientos la dominaban, Margaret se abrazaba a sí misma porque nadie más se lo ofrecía. Sus amigas le decían que se estaba sobreponiendo. Debería hablar claro. Que pidiera, no exigiera, lo que necesitaba. Le decían que no debía esperar que su marido tuviera E.S.P.

En esos momentos, Margaret se hacía una bola peluda imaginaria, como una mamá oso. Luego se estiraba y bostezaba, como si despertara de una larga hibernación invernal.

Tómate otra copa, le decían, como si emborracharse fuera a mejorar las cosas.

Margaret ansiaba un nuevo comienzo. Un renacimiento estacional en el que pudiera volver a conectar con lo más profundo de sí misma.

***

A las cinco de la mañana, en un suburbio del oeste de Toronto, cerca del lago Ontario, los pájaros habían regresado de sus vacaciones de invierno. Unos pocos permanecían durante todo el año, a los que ella consideraba sus amigos de todo tiempo. Ya habían desnudado el arbusto de Huckleberry. Para que volvieran, Margaret llenó los comederos con semillas de girasol de aceite negro.

En invierno, el repertorio de voces de los pájaros abarcaba desde arrendajos azules a cardenales, palomas y pájaros carpinteros. Todas las mañanas, Margaret esperaba en el silencio para oírlos traer los nuevos días. Refrescada en cuerpo y mente, cerraba los ojos y volvía a dormirse. Hasta que unas voces discordantes la despertaban.

Era su hijo adolescente contra su marido. Aunque compartían la misma sangre, sus hormonas se disputaban el dominio y se peleaban, sobre todo a primera hora de la mañana.

Margaret y Michael Lindstrom se casaron hace trece años y su hijo, que ahora tiene trece, nació poco después. Algunos decían que la pareja tenía que casarse, pero no era asunto suyo.

Se habían conocido en una cita a ciegas y congeniaron enseguida. Michael era ejecutivo en la industria del transporte. Margaret tenía dos trabajos mientras estudiaba una licenciatura en Diseño Gráfico.

Michael trabajaba muchas horas. Como Margaret estudiaba y tenía dos trabajos, la pareja no se veía a menudo. Pero cuando lo hacían, saltaban chispas. El amor flotaba en el aire. Se les acercaban desconocidos y comentaban lo enamorados que parecían, y el sol no dejaba de brillar cuando salían a pasear cogidos de la mano.

Las amigas de Margaret estaban celosas de que tuviera un novio estable y preocupadas. Con sus apretadas agendas de trabajo, apenas tenían tiempo para una aventura, y mucho menos para una relación en toda regla con un hombre mayor.

"Diviértete sin expectativas", les aconsejó Annabelle, aunque ella misma, para evitar complicaciones, tenía una política de puertas abiertas que le permitía cambiar de pareja en un santiamén.

"Pero él me gusta. Quiero decir que me gusta de verdad", replicó Margaret.

"Si está destinado a ser, puede esperar hasta que te gradúes", dijo Lizzy, que estaba en el juego de la Universidad a largo plazo. Estaba estudiando una licenciatura en Astrofísica, luego un máster en Ciencias y aún estaba decidiendo qué carrera estudiar después de licenciarse. "Es viejo, pero no antiguo, y es poco probable que lo deje pronto".

Es amable, gentil y atento. Además, me ha invitado a un concierto de trabajo para que conozca a sus colegas. Dice que quiere presumir de mí". Sonrió.

"Ya tienes bastante con tener dos trabajos y sacarte la carrera", se ofreció Annabelle. "Por no hablar de que eres demasiado joven para atarte. A menos que a los dos os guste eso". Se burló y chocó las copas con Lizzy.

"Podría decir que no, supongo", dijo Margaret, añadiendo un poco más de vino a su copa.

"Cosa que no quieres hacer", dijo Lizzy. "Yo digo que vayas. Conoce a toda la gente aburrida con la que trabaja cada día. Seguro que te quitará las ilusiones que tienes sobre él, aunque sólo sea eso".

Margaret suspiró y volvió a sus estudios. No era tan viejo ni se comportaba como tal. Una diferencia de siete años no era nada hoy en día.

Más tarde salió a cenar con Michael, donde conoció a algunos de sus compañeros de trabajo. Ella estaba más cerca de sus edades que Michael, pero él se llevaba bien con todos y, sorprendentemente, ella lo pasó bien. Le gustó que Michael la presentara como su novia. Después de decirlo, la había mirado como si esperara que lo refutara, pero ella le cogió la mano. Le gustó mucho formar parte de su vida.

No mucho después del concierto de trabajo, Michael invitó a Margaret a acompañarle en un viaje de negocios fuera de la ciudad.

Ella dijo que no, pero entonces la tentación de visitar Seattle, Washington, le hizo cuestionarse su decisión. Al fin y al cabo, aún podía estudiar y le vendría bien un descanso de su rutina diaria. Si iba, cuando volviera, se pondría a estudiar de verdad.

"Con todos los gastos pagados", la obligó Michael. "Estaré fuera durante el día... Tendrás mucho tiempo para estudiar en la piscina, en el jacuzzi".

Ella negó con la cabeza, pero él se dio cuenta de que flaqueaba.

"Y volaremos en clase preferente".

Bueno, ya está. Hizo la maleta y se fueron a Seattle, donde estudió durante el día. De noche, una noche vieron jugar a los Mariners y otra fueron al Tractor Tavern Rock Club. Oyeron a Bill Clinton dar una charla en el Seattle Centre. Subieron a la Aguja Espacial, contemplaron el Jardín Chihuly y fueron al Museo de la Cultura Pop. Era como si estuvieran de luna de miel; el amor flotaba en el aire y concibieron a Tommy.

Margaret y Michael no habían hablado de hijos. Margaret no sabía cómo abordar el tema. Consideró la posibilidad de abortar, pero no estaba en ella hacer daño a alguien que no había elegido nacer. Invitó a Michael a cenar y abordó el tema.

"Quiero una familia, muchos hijos", dijo él.

Ella sonrió.

"Aunque no me veo del tipo que se casa", hizo una pausa. "Sin embargo, si hubiera un niño de por medio, consideraría la posibilidad de casarme. Todos los niños merecen el mejor comienzo posible".

"Creo que estoy embarazada", soltó ella.

Él se quedó callado al principio, pero luego se levantó de un salto y la abrazó. Dijo que necesitaban estar seguros. Pidió cita con el médico. Cuando le confirmó lo que ella ya sabía, se abrazaron llorando como idiotas. Incluso ahora, cuando pensaba en aquel día, tenía que contener las lágrimas.

Dejó la universidad cuando las náuseas matutinas se apoderaron de su vida. Las clases perdidas parecían acumularse. Cuando quedó claro que tendría que repetir todo el curso, Margaret se tomó un año sabático y concentró todo lo que tenía en el futuro. Había mucho que hacer antes de que llegara el bebé. Vendieron su piso. Compraron una casa en los suburbios y celebraron una boda rápida en el Registro Civil para hacerlo todo oficial.

La que pronto sería la nueva madre pasó los días haciendo de su casa un hogar. Cuando se enteraron de que iban a tener un niño, Margaret se lanzó a toda velocidad a crear una maravillosa habitación infantil. Eligieron un tema deportivo: béisbol, hockey, baloncesto. Incluso fútbol. Todas actividades deportivas que ella y Michael disfrutaban viendo en su televisor de pantalla plana.

Cuando Michael estaba en el trabajo, a veces Margaret preparaba una bandeja con alimentos como helado, apio, champiñones y salsa. Luego se ponía delante del televisor, ponía música relajante para el bebé y le leía. Margaret había perdido la cuenta de cuántas veces le había leído a su pequeño Qué esperar cuando estás esperando. Para ella, era como una biblia para bebés y compartir conocimientos reforzaba aún más su conexión.

Una tarde soleada, fue a la librería local de segunda mano con una lista de los libros favoritos que le habían gustado de pequeña.

Se había olvidado de preguntarle a Mark cuáles eran sus libros favoritos, pero él nunca fue un gran lector. Hicieron falta dos viajes para meter todos los libros dentro. Se sentó en el sofá, con las cajas de libros delante. ¡No podía creer que los hubiera encontrado todos! Incluso el Pokey Little Puppy, que era el primer libro que había aprendido a leer por sí misma. Ah, y hojeó ejemplares de La telaraña de Carlota, Ana de las Tejas Verdes, Jorge el Curioso, Los gemelos Bobbsey, Heidi y toda la serie de Harry Potter. Mark se rió y dijo que sería mejor que invirtieran en una estantería. Hizo algo mejor que eso, construyó una él mismo diciendo que no habría ninguno de esos muebles de pacotilla en el dormitorio de su hijo.

Muy pronto llegó Tommy, y era la obra de arte más hermosa que ella había visto nunca. A veces no podía creer que ella y Michael lo hubieran creado. Su corazón crecía, nunca supo que podría querer a nadie más de lo que quería a Michael: y le quería mucho.

Michael quería tener otro hijo enseguida, pero un segundo embarazo no estaba previsto. El parto de Tommy había sido difícil, y el médico les aconsejó que no volvieran a intentarlo. Michael estaba de acuerdo en que no merecía la pena arriesgarse, y le parecía bien, o eso decía. Margaret no le creyó, aunque él siempre había sido sincero en el pasado.

En el piso de abajo volvieron a oírse ruidos fuertes, que sacaron a Margaret de sus casillas y la devolvieron a la realidad. Tommy gritó primero, golpeando un armario, luego Michael le riñó y las cosas se intensificaron rápidamente. Se peleaban por los temas más ridículos. Ninguno de los dos era madrugador... ni ella tampoco.

Una simple mañana de paz y tranquilidad era todo lo que necesitaba para volver a la normalidad.

Margaret pensó en levantarse, pero rechazó la idea. Esperaría a que le pidieran ayuda. Inevitablemente, se la pedirían.

Tommy asomó la cabeza en su habitación. En lugar de bajar la voz, gritó: "¿Estás dormida, mamá?". Esperaba uno o dos segundos a que ella se despertara.

"Sí", contestaba siempre ella, frotándose los ojos cansados aunque dormir durante el estruendo fuera imposible.

Ahora que tenía su atención, gritaba: "No encuentro mi camiseta de deporte, mamá".

Ella sonreía, pues siempre las ponía exactamente en el mismo sitio, pero esta vez no lo mencionó. ¿Qué sentido tenía? "Están en tu armario, amor".

"¡Están taaaan, NO!", dijo él, seguido de un pisotón, una retirada y un portazo.

Empezó a contar un Mississippi, dos Mississippi, tres Mississippi.

"¡Lo he encontrado! ¡Gracias, mamá! Estaba aquí todo el rato".

Margaret volvió a meterse bajo las sábanas y se quedó dormida una vez más. Hasta que su marido Michael volvía a su habitación. Seguía un régimen estricto. Primero iba al baño, luego se lavaba las manos, se cepillaba los dientes, se pasaba el hilo dental, se rascaba la lengua con arcadas intermitentes y muy audibles (que a menudo le hacían taparse los oídos con la almohada), y luego se duchaba durante quince minutos, se afeitaba, se cepillaba más los dientes, se secaba, se acicalaba y se echaba colonia. Todo cronometrado al segundo.

Cuando terminaba, abría la puerta de par en par y el vapor caliente salía antes que él de la habitación. Ella lo miraba cruzar el suelo como si siguiera a un fantasma que huye. El olor de su colonia y el vapor caliente la adormecían y pronto volvería a dormirse.

"Margaret, ¿has visto un gemelo perdido?

Ella levantaba la cabeza: "Últimamente no", respondía mientras él rebuscaba en el primer cajón sin cerrarlo del todo. Luego abría el cajón del medio, dejándolo parcialmente abierto. Por último, sacó el cajón inferior hasta el fondo. El armario parecía una escalera, pero era un peligro, ya que podía volcarse fácilmente en cualquier momento. Se imaginó que Tommy pasaba por allí y toda la cómoda le caía encima. El terror de lo que pudiera ocurrir la desgarraba hasta la médula. Si tenía que sacarlo de debajo... ¿tendría fuerzas? Y si... Saltó de la cama y cerró cada cajón.

"Iba a hacerlo", dijo Michael al salir dando un portazo.

Como ya estaba levantada, se apretaba contra el respaldo de la puerta cerrada hasta que desde abajo Tommy llamó: "¡Mamá, no encuentro mi almuerzo!".

"Está en tu fiambrera, en el segundo estante, a la derecha del frigorífico".

"No, no está", contestó él.

"Ya voy", dijo mientras agarraba la manilla de la puerta, pero antes de que tuviera tiempo de abrirla, él gritó: "¡Oh, ya lo veo! Gracias, mamá".

Volviendo a su habitación, murmuró de nada, mientras el hueco negro bajo la cama la llamaba. Podía deslizarse hasta allí sin nada que le hiciera compañía, salvo las motas de polvo. Allí debajo crearía su propio superpoder: un escudo protector de oscuridad que repelía las voces airadas.

Las voces que se acercaban tomaron la decisión por ella y se metió en el espacio oscuro. En aquel ambiente acogedor, su respiración y sus latidos se ralentizaron. Cerró los ojos, se tumbó y, levantando la mano, tiró de la colcha hasta el suelo y la arrastró por debajo y por encima de todo su cuerpo como si hubiera construido un fuerte.

Michael volvió a su habitación. "¿Cariño?", dijo.

Tommy se detuvo ante la puerta: "¿Quizá esté en el baño?".

Michael lo comprobó y luego miró a la cama.

"No estará ahí debajo otra vez, ¿verdad? susurró Tommy.

"Veamos", oyó que respondía Michael.

Los dos bajaron al suelo y se asomaron a la oscuridad. Vieron algo de movimiento bajo la manta. Michael miró a su hijo y se llevó el dedo a los labios. Asintió, contento de dejar que su padre hablara primero.

"Cariño -dijo Michael, con voz tranquilizadora-, ¿te importaría llevar mis pantalones y mis camisas a la tintorería?". Abrió la boca y volvió a cerrarla.

La pobre Margaret no podía creer que le diera una lista de tareas y le hablara como si se escondiera debajo de la cama todos los días de su vida. Le molestaba muchísimo.

Como no captó la indirecta, continuó: "Ah, y se me olvidó preguntarte el fin de semana si te parecía bien que invitara a unos amigos. Esta noche. A una pequeña juerga. Una fiesta de ocho, incluyéndonos a nosotros. Perdona otra vez por avisarte con tan poca antelación. Pensaba pedírtelo el fin de semana".

Tommy hizo un movimiento para unirse a su madre en su capullo solitario. En lugar de eso, ella salió como un limbo. Se enderezó y se sacudió el polvo. La miraban fijamente, pero no decían nada.  "Bajad vosotros dos, ahora", dijo ella sujetando aún el cálido edredón.

Michael miró el reloj.

"Estoy bien, perfectamente. Iré enseguida, por favor". Volvió a poner el edredón sobre la cama.

"De acuerdo", respondieron, marchándose.

Cuando se hubieron ido, ella estiró la mano hacia el otro lado de la cama. Apagó la manta eléctrica del lado de su marido. Mientras se ponía la bata y las zapatillas, se imaginó que se le había olvidado apagar la manta. ¿Se incendiaría la casa? Seguramente. Y sería culpa suya. Todo era siempre culpa suya.

Se puso la bata y se arregló el pelo en el espejo. Tenía que hablar con Michael sobre la cena. Ocho personas. Esta noche. Al menos no era tan malo como la última vez, cuando eran doce, o la vez anterior, cuando habían sido dieciocho. Aun así, le había pedido tantas veces en otras ocasiones como ésta que le avisara con más antelación. La última vez que lo había terminado todo -bueno, casi todo- no tuvo tiempo de pintarse las uñas. Michael se lo señaló torpemente delante de los invitados e incluso su hijo tuvo la inteligencia emocional suficiente para cambiar de tema antes de que ella rompiera a llorar.

En el pasillo, sus zapatillas de conejo hacían chispas al andar, dándole descargas mientras recogía calcetines, ropa interior y un gemelo por el camino. Le dejaron trozos como un rastro que la conduciría escaleras abajo, donde la esperaban.

Ahora estaba abajo, en el pasillo que conducía al salón. Al entrar, vio y oyó a su marido crujiendo una tostada mientras sostenía una taza de té con el meñique en alto. A su lado estaba Tommy, engullendo patatas fritas de arroz y perdiéndose la boca. Las gotas de leche y los restos de cereales se acumulaban entre sus pies, haciendo ruido al caer sobre la alfombra.

Tomó nota mentalmente de meter la alfombra en la secadora cuando se hubieran ido, aliviada de que la tela del suelo absorbiera el líquido en vez de manchar lo que creía que era la última camiseta limpia de su hijo. Añadió una segunda nota mental para encargarle camisas nuevas: crecía muy deprisa; era difícil seguirle el ritmo.

"Buenos días", dijo Margarita justo cuando Pedro Picapiedra gritó: "¡Wilma!

Su familia agradeció su presencia mirándola, y luego todos juntos se echaron a reír mientras Barney y Pedro seguían con sus payasadas habituales. Al menos se llevaban bien. Los Picapiedra era algo en lo que ambos estaban de acuerdo.

Cuando hubo una pausa publicitaria, ella dijo: "Sobre esta cena, Michael". Bajó el volumen del aparato. Tommy protestó y terminó de comerse los cereales.

"Lo siento otra vez", dijo su marido. "Estuve hablando con mi jefe el fin de semana en el partido de golf. No sé cómo acabó aquí, pero lo siguiente que supe es que estaba organizando el maldito evento. No tiene por qué ser de etiqueta ni nada elegante. Con tres platos y postre bastará".

"¿Quiénes son nuestros invitados? ¿Qué tipo de comida les gusta? ¿Alguna alergia? ¿Algún vegetariano? Hizo una pausa. "¿Por qué no encendemos la parrilla?"

"No, la idea de la parrilla está muy bien para una reunión de fin de semana, pero esto es por motivos de trabajo".

Ella suspiró.

Continuó: "Mi jefe y su mujer, Jim y Dave de marketing, Lucy y su marido William del departamento jurídico. Creo que Lucy podría ser vegetariana o vegana. Lance, de finanzas, y su mujer; no la conocía. Es nuevo en nuestro equipo". Miró su reloj y dio un respingo.

Margaret le agarró de la manga. Le colocó el gemelo que le faltaba y se colocó justo delante de su marido con la esperanza de recibir un beso.

Michael dudó un segundo antes de darle a Margaret lo que algunos podrían calificar de beso, pero ella no. Fue más bien un picotazo -administrado al vuelo- mientras pasaba a su lado. Los labios de la pareja apenas se habían rozado.

Antes de que Margaret pudiera articular palabra, Mark cerró la puerta tras de sí.

Ella volvió a rodearse con los brazos. Durante uno o dos segundos pareció que Tommy iba a abrazarla. Ella abrió los brazos, y él, a su vez, extendió el suyo en su dirección con la palma abierta hacia arriba. Ella se cruzó de brazos, mientras él entraba de lleno en el discurso de ventas 101.

"Verás, mamá, hoy es el Día de la Hamburguesa -dos por una- y necesito dinero. El dinero es para obras benéficas y ya me he gastado todo mi dinero de bolsillo esta semana".

"¿Y el almuerzo que he preparado?"

"No hay problema, me lo comeré en el recreo".

Margaret le dio una palmada en la cabeza y se dirigió a la cocina, donde tenía el bolso colgado del gancho. Al meter la mano dentro, echó un vistazo al estado de su cocina. ¡Menudo desastre! Y tenía que dejarlo todo impecable para la cena de esta noche. ¡No había problema!

Sólo tenía un billete de diez dólares, que depositó en la mano de él, que seguía esperando. "Tráeme el cambio", le dijo mientras él salía de la casa dando un fuerte portazo.

De vuelta al salón, los Picapiedra terminaban con "¡Te lo vas a pasar muy bien! Margaret tarareaba mientras se echaba la alfombra al hombro, recogía la taza y el platillo sucios, el vaso y el cuenco.

Ya en la cocina, metió la alfombra en la lavadora, la vajilla en el lavavajillas y se sirvió una taza de té de la tetera tibia. Volvió al salón, que estaba menos desordenado. Hojeó los canales y se encontró con la juez Judy. No podía dejar de admirar a aquella mujer, que controlaba totalmente a todos y cada uno de los presentes en su sala.

Sus amigos le dijeron que debería levantarse antes que su familia, así minimizaría el caos y el desorden. Entonces ella estaría al mando de la situación. Otros decían que debería buscarse un trabajo y marcharse de casa antes que ellos, para que tuvieran que aprender a valerse por sí mismos. Pero estaba muy cansada, no era ella misma últimamente, por no hablar de que no trabajaba desde antes de que naciera su hijo. ¿Quién la contrataría ahora?

Margaret estaba cada vez más insatisfecha con su suerte, pues entregaba su vida a las necesidades de sus seres queridos. Le molestaba tener que dar siempre, aunque era su elección hacerlo. Entonces se subía al tren de la culpa y la autocompasión. ¿Todas las madres pasaban por lo mismo? ¿Este vacío? Este empujar y tirar dentro de sí misma, creando un vacío. Este vacío interior, que ella permitía que se moviera como una tormenta de verano y lloviera sobre todo en su vida. Era un huracán a punto de desatarse y hoy era el día que tanto temía.

Se duchó y se vistió, sin detenerse a desayunar pero tomándose tiempo para meter la alfombra en la secadora, y con un ferviente deseo de salir. Lejos. A cualquier parte, lejos.

Margaret señaló con el coche la dirección del centro comercial y condujo. Aparcó. De camino al interior, un joven pastoreaba carritos. Con la ayuda del viento, varios estaban destinados a una huida inminente. Pensó en decir algo para aliviar la carga del hombre, pero en vez de eso le sonrió. En voz baja la llamó zorra.

El ama de casa le ignoró y se apresuró a entrar. No pudo evitar preguntarse por qué su gesto empático no había conseguido más que malos tratos. No importa, pensó, volviendo a centrarse en el problema que tenía entre manos: los preparativos de la cena. Pero lo primero era lo primero: ¿qué iba a ponerse? ¿Debería comprarse un traje nuevo? Ir de compras le había levantado el ánimo en el pasado. ¿Quizá hoy funcionara?

Margaret recorrió el pasillo de la moda y encontró un maniquí en un escaparate con un traje elegante que le gustó. Se aventuró a entrar, y los espejos la asaltaron por todas partes. Se retiró.

En las escaleras mecánicas, vio un salón de peluquería y manicura. Se miró las uñas. Prefería hacérselas ella misma en casa cuando supiera lo que se iba a poner, ya tendría tiempo. Pero el pelo era otra cosa.

Se quedó fuera del salón, observando a los estilistas que se movían, ocupados. Parecía un día tranquilo en la peluquería, pues sólo había una silla ocupada. Pensó en entrar y hablar con alguien, pero decidió no hacerlo al mirar el móvil. El tiempo pasaba y ella ya tenía demasiadas cosas que hacer.

Un letrero de neón parpadeante atrajo su atención. Decía Viaja al destino de tus sueños. ¡Oferta sólo hoy!

Ya no era Margarita, era Margarita en Cuba. Se imaginó en Cuba bailando rumba. Luego estaba en Australia, bailando en el Outback. No puede ser. Estaba demasiado lejos.

Un joven de casi la mitad de su edad se fijó en ella. "Enseguida estoy contigo", dijo. Volvió a su conversación telefónica.

Ella se aventuró a entrar y se quedó torpemente cerca del mostrador. Escuchó la voz tranquila del joven. A veces él reconocía su presencia con una sonrisa. Al cabo de unos instantes, dejó de hablar y acercó la mano al teléfono.

"Sírvete un café o agua mientras esperas. No tardaré. Ah, y no dudes en hojear los folletos y las revistas. Enseguida estoy contigo".

Margaret se sirvió una taza de café humeante y caliente, y añadió nata y un terrón de azúcar. Miró en dirección al joven que hablaba por teléfono cuando vio una caja de galletas. Como si le pidiera permiso.

Él volvió a poner la mano sobre el auricular: "Sí, sírvete una o dos galletas. De nada".

"Gracias -susurró ella, cogiendo una galleta. Era el paraíso del chocolate.

Mientras esperaba, hojeó algunas revistas. La primera era sobre Suiza. Ahora era Maggie preparándose para esquiar en Zermatt, con un instructor de esquí alto, rubio y guapo llamado Sven ayudándola con los esquís. Habían terminado de esquiar y él le ofrecía una taza de cacao caliente.  Ella se desmayó y lo cogió, pero luego lo apartó con un parpadeo.

Cogió otro folleto de Hawai, imaginándose en la playa de Waikiki, hula-ando con George Clooney. Entonces miró hacia abajo, se dio cuenta de que llevaba un bikini y gritó.

Margaret volvió a la realidad y miró al joven que seguía al teléfono. No se había dado cuenta de su arrebato. Uf. Dio otro mordisco a la galleta de chocolate.  Llevar bikini o cualquier otro tipo de traje de baño estaba descartado.

En la pared vio un cartel que anunciaba un viaje a Gran Bretaña. Beefeaters. Con esos sombreros altos y locos. Ahora era Cathy, buscando a Heathcliff en los páramos de Yorkshire.  Era un día muy frío y ventoso, pero estaban paseando y disfrutando del aire fresco...

"¿Puedo ayudarte?", preguntó el joven.

Heathcliff desapareció. "Eh, sólo soñaba", respondió Margaret con las mejillas sonrojadas.

El joven pulsó el teclado, mirando la pantalla. Giró el ordenador hacia ella. "Éstas son las ofertas de última hora de hoy, de un solo día. Acaban de llegar".

Intrigada, se acercó.

"Si te interesa Inglaterra, no volverás a encontrar un precio como éste".

"Siempre he querido visitar el Reino Unido".

"Este precio", dijo el joven, "incluye un coche de alquiler y una combinación de hoteles y pensiones. Podrías viajar por los alrededores y luego elegir dónde quieres parar y alojarte".

"No sé si conducir hasta allí, ¿no conducen por el otro lado?".

"Es cierto, pero lo aprenderás enseguida".

***

Margaret volvió a casa e hizo un pedido de comida para llevar. Eligió varios platos del menú para satisfacer todas las necesidades. Puso el Chardonnay, el rosado y la cerveza en el frigorífico. Las cuatro botellas de tinto las colocó en el botellero.

Se ató un delantal a la cintura y se puso a aspirar y quitar el polvo. Volvió a colocar la alfombra limpia en el salón. Cuando todo estuvo perfecto, puso la mesa con sitios para siete comensales.

Michael no quería arriesgarse a que Tommy montara una escena. No delante de su jefe y sus compañeros de trabajo. Preparó una bandeja y la colocó sobre la encimera para que él pudiera llevársela a su habitación.

Margaret entró en su habitación y preparó una maleta y una bolsa de mano. Pidió un Uber para que la dejara en el aeropuerto.

Tres horas más tarde, subió a un avión y pronto estaba volando hacia el Reino Unido.

Cuando miró por la ventanilla, durante una fracción de segundo la invadió una punzada de culpabilidad. Luchó contra ella.

Había dejado una nota en la nevera que decía que se marchaba.

Margaret no había dicho adónde iba ni cuándo volvería.

Tampoco que había comprado un billete de ida. Ya se las arreglarían.

# EL PARAGUAS Y EL VIENTO

ERA VIERNES 13 Y el viento soplaba con fuerza. Cosas que no debían volar rebotaban y rebotaban. A través y por encima. Dando volteretas a mi alrededor.

En un día así, algunos jubilados se habrían quedado en la cama, pero yo no. ¿Por qué iba a aventurarme a salir en un día tan terrible? Por eso, y sólo por eso, necesitaba una taza de café bien cargado.

En consecuencia, jugué al dodgem, agachándome y zambulléndome para salir de casa y meterme en el coche. Luego me dirigí al autoservicio más cercano. No fui la única lo bastante valiente como para aventurarme en lo desconocido para curar mi adicción a la cafeína.

La cola avanzaba lentamente. Pedí un café con leche de vainilla extra fuerte y me arrastré hacia la ventanilla para pagar. Busqué la cartera y descubrí que me la había dejado en casa.

La señora de la ventanilla extendió la mano y volvió a meterla para evitar una pequeña rama que entró en contacto con mi ventanilla y rebotó en la suya.

"Cambio", dije, mientras la mujer volvía a alargar la mano. Yo seguía rebuscando en la guantera y en las ranuras para tazas. Después de contar tenía setenta y ocho céntimos. Debajo de mi asiento había otro dólar. Seguí buscando, mientras los coches de detrás esperaban y el que iba justo detrás de mí tocaba el claxon, y los demás le seguían.

"Ya está", dijo la mujer, mientras cogía las monedas y me daba el café.

Esbocé mi mayor sonrisa y dije: "Gracias", cerré la ventanilla y me alejé, muy agradecida. El café olía a gloria, pero esperé a dar un sorbo hasta el primer semáforo en rojo.

Mientras esperaba, sorbiendo, saboreando, un paraguas sin luna me rompió el parabrisas con su mango de madera antes de rebotar y posarse en la rama de un árbol cercano.

No me di cuenta de que el java me estaba quemando hasta que cambió el semáforo. Me detuve con cuidado y salí del vehículo. No hay nada como el café caliente corriendo por la pierna hasta los calcetines y los zapatos. Me sacudí la pierna, como un perro recién bañado.

Lo vi venir, pero era demasiado tarde.

Ese maldito paraguas. Otra vez.

***

Me desperté, todavía en el aparcamiento, con el mango de madera del paraguas enrollado alrededor del cuello. Me había caído con fuerza, pero había conseguido agarrarme a la puerta del coche al caer, lo cual era bueno por un lado y malo por otro, ya que ocultaba mi situación.

Sentía el hormigón frío y esponjoso debajo de mí. Intenté levantarme y el viento atrapó el paraguas, que siguió su camino como una planta rodadora caprichosa.

Aún no estaba de pie, pero me lancé hacia arriba empujando mi peso contra la puerta del coche. El repentino chasquido de la cerradura de la puerta no me auguraba nada bueno □ me había dejado las llaves puestas. Tanteé a mi alrededor en busca del teléfono, dándome cuenta rápidamente de que estaba en casa con el bolso.

Me apoyé en el coche con los brazos cruzados con la esperanza de atraer a un buen samaritano.

A lo lejos, divisé el paraguas que se dirigía hacia otro lugar. Uy. Un vehículo que circulaba en sentido contrario, intentando evitar al derviche giratorio, chocó contra la parte trasera de otro coche. Alguien llamaría ahora a la policía. También les haría señas para que me ayudaran. Todo iba bien.

Al poco rato, el maldito paraguas volvió a salir disparado a toda velocidad en mi dirección. ¿Era yo un imán para los paraguas? Esta vez voló alto, girando. Era una belleza en la distancia. Se abría hacia el cielo en toda su negrura. Era hipnotizante, tan alto se elevó, y ya conoces el viejo dicho: "Lo que sube, sube", pues bien, estaba demostrando ser cierto cuando la maldita cosa cayó en picado hacia el suelo con el potencial de dejarme fuera de combate para siempre. Como el lema de los Boy Scouts, estaba preparado y, en lugar de esperar a que conectara con mi cabeza, estiré la mano y la agarré por el mango.

Me agarré con todas mis fuerzas, esperando no convertirme en Mary Poppins. Mis pies abandonaron el suelo, pero sólo durante un segundo o dos, antes de que oyera las sirenas y los zapatos golpeando el pavimento.

Una joven cerró su mano sobre la mía en el asidero. Nos estabilizamos, mientras más pasos recorrían las calles cuando su dueña pulsó el botón y cerró el toldo plegable.

***

Después de aquella extraña mañana, me fui a casa y puse los pies en alto, negándome a moverme hasta que amainara el viento. Mantuve el plan hasta que mi hijo me pidió que lo recogiera pasadas las 7.30 en casa de su amigo, al otro lado de la ciudad. Los padres debían llevarlo a casa, pero eran conductores nerviosos, de ahí mi citación.

La grieta en forma de ojo de buey de mi parabrisas era un recordatorio constante de cómo me estaba yendo el día hasta el momento. Seguía esperando noticias de mi compañía de seguros sobre la franquicia. Estaban investigando la posibilidad de un "caso fortuito".

Me puse en contacto con la policía, que me dijo que comprobaría la existencia del paraguas, pero no que estuviera relacionado con mi parabrisas. Cuando me vieron, estaba sujetándolo.

Me enfadé mucho con la persona que no había podido sujetar su paraguas, y me decidí a escribir al ayuntamiento para solicitar una póliza de licencia de paraguas. Así podría hacerles pagar mi franquicia, o mejor aún, demandarles.

Arranqué el coche y salí marcha atrás del camino de entrada, consciente de los objetos voladores, cuando una botella verde me llamó la atención. Daba vueltas y vueltas en círculo, como gente imaginaria jugando a Girar la Botella. No se despegaba del suelo la mayor parte del tiempo y parecía una nave espacial verde oblonga mientras despegaba, se elevaba cada vez más, luego se estrellaba, giraba y volvía a elevarse. Continué, casualmente en la misma dirección en la que se dirigía la botella.

Cuando vi a un hombre y a una mujer caminando el uno hacia el otro mientras la botella daba peligrosas volteretas, abrí la ventanilla y les llamé. Como no reaccionaron, toqué el claxon. La botella, ahora en el aire, empezó a caer hacia ellos.

La botella descendió, golpeando con toda su fuerza la cabeza de la mujer. A continuación, el recipiente verde rebotó y conectó con la cabeza del hombre. El indiferente objeto verde se elevó y cayó varias veces antes de detenerse contra el tronco de un árbol.

Puse los intermitentes cuádruples y apagué el motor antes de salir de nuevo de la seguridad de mi coche hacia el peligroso viento.

Tanto el hombre como la mujer estaban conscientes, pero no se movían ni intentaban levantarse. Tomé el pulso a la mujer, luego al hombre y evalué la situación, recordando mi formación en Primeros Auxilios de hacía años. Llamé al 911. El operador hizo algunas preguntas, pero el crujido que se oyó detrás de nosotros hizo que la gente se incorporara.

Observamos cómo el viento seguía rugiendo, haciendo volar la botella. El majestuoso sauce llorón se inclinó para recogerla, pero demasiado tarde. El viento partió su grueso torso por la mitad y, cuando el árbol golpeó el suelo, las reverberaciones sacudieron la tierra bajo nosotros.

"¡Vamos!" grité.

Con el viento pisándonos los talones, salimos corriendo.

***

Una vez que llegamos al santuario de mi coche y nos abrochamos el cinturón de seguridad, pisé a fondo el acelerador. Ya sin la botella a la vista, nos dirigimos a recoger a mi hijo.

Tras recuperar el aliento, nos presentamos.

Brent Welch era un hombre alto y muy guapo, de pelo oscuro y ojos azules. Tenía un hoyuelo en la barbilla como Cary Grant. Era socio de un bufete de abogados local, hablaba muy bien, se le notaban unos modales encantadores y estaba soltero.

Eileen Manny, también soltera, tenía el pelo largo y rubio y llevaba demasiado maquillaje. Era una representante de cosméticos reservada y de voz suave, así que su "cara era su paleta".

Me presenté. "Me llamo Alice Mitchell. Soy viuda desde hace poco y profesora de instituto jubilada".

Ahora que nos conocíamos, me dieron las gracias por rescatarlas. Luego preguntaron por la grieta del parabrisas, justo cuando Jasper subió al vehículo y se abrochó el cinturón.

Tras las presentaciones, seguí contando la historia del paraguas. Mis pasajeros rugieron de risa.

"¿Qué tiene tanta gracia?" pregunté.

"No podría haberle pasado a nadie más", contestó Jasper.

Partimos hacia casa, dejando a Mark y Eileen por el camino.

Cuando por fin llegamos, me di cuenta de que aún quedaban dos horas de este más que agitado Viernes 13. Me metí en la cama, me tapé con las sábanas e intenté dormir.

No tenía ni idea de lo que me esperaba.

***

A la mañana siguiente, sábado 14, tardé unos minutos en despertarme. Era como si el timbre de la puerta estuviera sonando en mi sueño, hasta que mi hijo Jasper llamó a la puerta de mi habitación.

"Mamá, es para ti □ la policía".

Eché las sábanas hacia atrás, me eché el camisón por la cabeza, lo sustituí por un jogging y me cepillé el pelo con los dedos antes de salir.

Mi hijo, que tiene poca etiqueta para estas cosas aunque fue educado con excelentes modales, había dejado a los agentes de pie en el porche.

Cuando asomé la cabeza fuera, medio dentro y medio fuera, el viento se levantó y casi me arranca la puerta de las manos.

El aspecto de los oficiales era desaliñado, lo que en los viejos tiempos solía denominarse "barrido por el viento e interesante". El par de fornidos oficiales eran lo bastante guapos como para pluriemplearse como strippers del Thunder from Down Under. Les invité a pasar.

"No, gracias, señora", dijo el tipo rubio, que cuando se quitó el sombrero se parecía al otro tipo, el que no era 'Ponch' de C.H.I.P.S.

Jon", dije en voz alta sin querer (se me acababa de ocurrir el nombre del tipo rubio de C.H.I.P.S.).

"Me llamo Marshall", dijo el rubio. "Mi compañero es el agente Ramsey".

"Encantado de conocerte. ¿En qué puedo ayudarles?"

El rubio dijo: "Ayer recibimos de usted un informe de una llamada al 911 abandonada, ¿podría explicarnos qué ocurrió?".

"Observé que un hombre y una mujer caminaban el uno hacia el otro mientras esperaban a que cambiara el semáforo en rojo. Me fijé en la botella".

"¿En pleno vuelo?" preguntó Ramsey.

Asentí con la cabeza. "Sí, la botella subió y luego volvió a bajar. Intenté llamar su atención, pero antes de darme cuenta la botella golpeó primero a la mujer y luego al hombre. Ambos cayeron con fuerza sobre la acera".

"¿En qué estado estaban cuando llegaste hasta ellos y cuánto tardaste en llegar?". preguntó Jon, quiero decir Marshall.

"Aparqué en cuestión de segundos y fui a su lado inmediatamente".

Ramsey era el chico de las notas, estaba anotando todo lo que yo decía.

Marshall tenía su teléfono apuntándome; estaba grabando todo lo que decía.

Supuse que estaba bien, aunque no lo cuestioné en ese momento.

"Estaban conscientes, respiraban y tenían pulso fuerte. Tras confirmarlo, llamé al 911".

"¿Qué ocurrió entonces?"

"Se vino abajo un árbol enorme y salimos corriendo hacia mi coche".

"¿Alguno de ellos pidió ver a un médico o ir a Urgencias?"

"No, estaban bien despiertos. Nos reíamos y hablábamos. Sus casas estaban a la vuelta, las dejamos y no hubo ningún problema".

Permanecimos en silencio.

***

"¿De qué va todo esto?" pregunté, sintiendo que el viento me cortaba el chándal.

"¿Conocías a alguno de ellos?" preguntó Marshall. "Después de todo, sus casas no están muy lejos de la tuya".

"No". Me quedé callada, intentando averiguar adónde querían llegar con sus preguntas. ¿Qué importaba si había visto antes a alguno de ellos? Dentro, mi hijo encendió la televisión y sonó a todo volumen. Cerré la puerta tras de mí y salí.

"¿Qué clase de botella era?" preguntó Ramsey.

"Era una botella verde".

Los dos agentes intercambiaron miradas.

"¿Es cierto que ayer tuviste otro incidente con un paraguas?". preguntó Marshall.

"Sí, fue un terrible viernes 13".

"La cosa es", dijo Ramsey. "Welch y Manny murieron".

***

Me desperté del desmayo con tres caras preocupadas mirándome. Dos pertenecían a los agentes Ramsey y Marshall. En sus manos sostenían ejemplares del Reader's Digest que me agitaban como abanicos. La otra era de Jasper, que sostenía un vaso de agua con el que me salpicaba la frente de vez en cuando.

"¿Estás bien, mamá?"

No estaba segura al cien por cien. Aun así, intenté incorporarme para evitar más asaltos del Reader's Digest y del agua.

"Has tenido un pequeño shock", dijo Ramsey, justo cuando dos auxiliares de ambulancia se dirigían hacia mí. Uno me tomó el pulso, el otro me puso la banda de la tensión arterial y empezó a bombear. Ambos dijeron: "Todo bien".

Intenté acompañarles hasta la puerta, pero dijeron que no era necesario.

Ramsey se sentó frente a mí.

Las mariposas de mi estómago revoloteaban y aún me sentía un poco delicada mientras las preguntas sobre botellas voladoras que mataban a gente flotaban en mi cabeza.

Creí que sólo pensaba en lo último hasta que Ramsey respondió: "Aún no sabemos la causa de la muerte. El forense está examinando los cadáveres".

"Hemos visto que tiene una gran grieta en el parabrisas", dijo Marshall. "¿Alguno de ellos chocó contra ella?".

"No, la causó el paraguas".

"Creo que tenemos suficiente información", dijeron los agentes.

Jasper les acompañó a la salida.

Fui a la cocina, me preparé una taza de té fuerte y abrí un paquete de galletas de chocolate. Fuera, oía el viento que movía las hojas de un lado a otro. Abrí la puerta trasera y pedí a la Madre Naturaleza que cesara y desistiera.

Como era de esperar, hizo caso omiso de mi petición.

***

El domingo fue un día tranquilo. Me mantuve al margen y Jasper me trató como si fuera el Día de la Madre, con desayuno, comida y cena en la cama. Aún en estado de shock, acepté encantada el papel de inválida por un día y sólo un día.

El lunes por la mañana a primera hora me dirigí a la tienda de sustitución de cristales. Sólo tenía que pagar la franquicia y me lo arreglarían en el acto.

Sonó mi teléfono y era el agente Ramsey. Me pidió que fuera a comisaría: "Y trae tu coche".

Le expliqué dónde estaba y por qué. Dijo que mi coche estaba "bajo investigación". Dijo que me quedaría sin coche un par de días.

Le dije que iría lo antes posible y abandoné el lugar.

Más tarde, estaba esperando en un semáforo en rojo cuando me fijé en una pareja joven que caminaba cogida de la mano. En la otra mano de él había una taza de café. Ella bebía de una botella verde. En un momento estaban felices, y al siguiente ella le soltó la mano como si fuera una patata caliente. Él, a su vez, dejó caer el café caliente y se le derramó por los pantalones y los zapatos.

En un instante, él golpeó el fondo de la botella de ella y ésta voló por los aires. Los que esperábamos en los semáforos la vimos elevarse. Era como un cohete, que se elevaba hacia el cielo.

Bajó justo cuando la joven pareja levantaba la vista.

Golpeó primero la cabeza de la mujer, rebotó en la del hombre y rodó por la acera hasta la calle.

Salí de mi coche como un rayo, marcando el 911 por el camino. Otros me siguieron, saliendo de sus vehículos. Bloqueamos toda la intersección.

La chica estaba inconsciente y el hombre completamente despierto.

"Una ambulancia está en camino", dije.

Oímos las sirenas. Vimos los coches de policía.

"¿Qué demonios estáis haciendo aquí?" preguntó Ramsey.

"Oh, vaya", respondí.

***

Le expliqué la situación. Esta vez había muchos testigos.

Después de que la ambulancia metiera a la pareja dentro y se marchara gritando, los agentes dijeron a todo el mundo que despejara la zona, excepto a mí. Ya habían hablado con la mayoría de los testigos.

"¿Me van a detener?"

Intercambiaron miradas.

"¿Todavía tenéis que incautar mi vehículo?". Estaba presumiendo, había visto muchos espectáculos policiales.

"Puedes irte a casa", dijo Ramsey.

"Sabemos dónde vives", dijo Marshall con una sonrisa burlona. "Pero no salgas de la ciudad, ¿vale?".

Me reí y seguí mi camino.

****

No hubo incidentes de camino a casa.

Metí el pollo asado en el horno, pelé las patatas y corté algunas verduras, sin dejar de pensar en las botellas verdes en el aire.

Fui a mi despacho y tecleé "botellas voladoras" en un buscador. Me enlazó a un tipo en YouTube que ponía caramelos dentro de una botella y luego la estrellaba contra el suelo. No ocurrió nada. Intrigada, seguí mirando. La siguiente vez que la rompió, la botella, tras chocar con la cara de un cámara, se lanzó al aire como un cohete.

Entonces me topé con unos experimentos de Myth Busters que confirmaban que una botella llena podía romper un cráneo. Por el contrario, las botellas vacías no podían □ ese mito había sido verdaderamente derribado por las dos muertes recientes.

Apagué el ordenador. No quería seguir pensando en ello.

En el momento justo, entró Jasper. "¿Todo bien, mamá?"

Le conté el último incidente y los experimentos de YouTube.

"Estás de broma, ¿verdad?

Negué con la cabeza y fui a la cocina a remover las patatas.

"Para colmo, los agentes que llamaron al lugar fueron Ramsey y Marshall. Deben de pensar que soy una especie de gafe".

"Es un pueblo pequeño, mamá, todos nos metemos en los asuntos de los demás. ¿Alguien grabó el incidente en sus teléfonos?".

De la boca de los niños. Si lo hubieran hecho, podría haberse cargado en Internet. "¿Cómo lo encuentro? ¿Qué palabras clave debemos utilizar?"

Volvimos a mi despacho y allí estaba.

"Tienes que decírselo a los agentes".

El agente Ramsey respondió enseguida. Jasper le envió el enlace directo mientras yo le informaba de los detalles.

Las patatas estaban casi terminadas, así que vertí el agua y añadí un poco de sal y pimienta.

Jasper y yo nos sentamos a cenar con el sonido de la televisión de fondo. Había una actualización sobre la pareja atropellada por la botella. Dejamos los cubiertos y nos acercamos. El locutor dijo que el estado de la chica era crítico, pero por suerte el chico estaba estable.

Ya no teníamos hambre.

***

No dormí mucho, no paraba de dar vueltas en la cama.

Al final cedí y me preparé una taza de té.

Me quedé de pie, con ella en la mano, mirando por la ventana el viento que seguía soplando y arremolinando las cosas. Me estremecí.

En mi vida, las cosas buenas y las cosas terribles siempre ocurrían de tres en tres.

Entré en mi despacho y busqué información sobre sucesos sobrenaturales, incluidos los presentimientos. Todas las señales estaban allí. El universo intentaba decirme algo.

¿Pero qué?

Los signos sugerían que podía tratarse de un espíritu enfadado, alguien que había sido asesinado o muerto antes de tiempo. Alguien que andaba por ahí, buscando venganza. No veía ninguna relación con las víctimas. Al fin y al cabo, eran unos completos desconocidos.

Empecé a teclear furiosamente. Hacer listas siempre me ayudaba a entender las cosas.

En la columna número uno, me puse a mí misma. Soltera. Viuda. Jubilada. Con un hijo. Casada desde hace treinta y cinco años. El marido murió de cáncer de colon. Estadio 4. Mis dos padres fallecieron. Yo era hija única. Nuestra familia siempre había vivido en la localidad. Nuestra genealogía se remontaba muy atrás en esta zona.

En la lista número dos puse a Brent Welch. Tenía treinta y tres años y era abogado. Busqué en Google su obituario. Era soltero. Nunca se casó. Vivía solo. Su linaje familiar también se remontaba a esta zona. ¿Cómo no nos habíamos conocido antes? Sus parientes contribuyeron decisivamente a hacer de nuestra comunidad un lugar habitable, allá por los tiempos de los pioneros. Su madre y su padre habían fallecido. Era hijo único.

Teníamos algunas cosas en común. Eso me hizo reflexionar.

En la siguiente columna puse a Eileen Manny. Tenía treinta y nueve años. Tenía una hermana gemela llamada Esther que vivía en la localidad. Demasiado para esa teoría. Tenían raíces locales, pero no se remontaban tan lejos como Brent y las mías. Eileen estaba casada, pero su marido había fallecido. Los padres de Eileen vivían, pero se habían mudado. La hija de Eileen iba al mismo colegio que Jasper. Era extraño que no nos hubiéramos cruzado antes.

Mis listas contenían poca información y no eran de ninguna ayuda.

Ya somnolienta, volví a la cama, donde las listas de información inútil se arremolinaban en mi cabeza.

***

Llovía muchísimo, pero las nubes no estaban en sus lugares normales. En cambio, estaban debajo de mí. Llovía desde el suelo hacia arriba. ¿Otro signo del cambio climático y la contaminación urbana?

Flotaba fuera de mí, mientras mis pies permanecían firmemente plantados dentro de mis Tender Tootsies. Mis piernas estaban ocultas bajo una falda multicolor floreada, estilo años sesenta. Soplaba con el viento, dejándolas al descubierto, mientras la falda se abría y volvía a cerrarse. En la cintura llevaba un cinturón de cuero marrón muy grueso. Me apretaba demasiado.

¿Estaba muerta?

Me pellizqué. No estaba muerta.

Llevaba una blusa blanca con un cuello alto con volantes y un collar, de cuentas, negro, un rosario. Me pasé las frías cuentas por los dedos intentando braillearlo todo, pero no recordaba qué hacer con él.

El viento me levantó, me llevó. Me hacía volar hacia delante y hacia atrás.

Mi largo cabello serpenteaba por mi espalda en una apretada trenza.

Entonces me encontraba sobre un pedazo de tierra, por encima de las nubes. No había mucho espacio para moverse sin miedo a caerse.

"¡Mamá! ¡Mamá! ¡Despierta! Despierta, por favor".

Era Jasper. Había vuelto.

Grité mientras una bola de fuego verde me chamuscaba el pelo y derretía el rosario. Goteó por mi pecho y a través de mis dedos.

***

Me incorporé y me miré los dedos, esperando ver goterones verdes, pero estaban limpios como una patena. No había sido más que un mal sueño.

Mi hijo seguía llamándome. Corrí al salón y abrí y cerré los ojos un par de veces para asegurarme de que veía lo que veía. ¡Menudo desastre!

Una cosa verde se había estrellado contra el tejado de mi casa. Al descender a su lugar de descanso final (el sótano) había destrozado y destruido todo a su paso, al tiempo que rociaba mi casa con una sustancia verde neón, como un perro que marca su territorio. El tono verde podría haber sido un bonito detalle, si no hubiera habido tanta cantidad y si no se hubiera esparcido de forma aleatoria.

"¿Qué demonios?

"¿No lo has oído?" preguntó Jasper. "Fue como un estampido sónico".

Me acerqué al agujero. No había oído nada. Había estado durmiendo, soñando. Ahora estaba despierta y sin habla. Crucé los brazos y miré hacia abajo. Salía vapor de él. Estiré la palma de la mano y, aunque estaba un piso por debajo de nosotros, pude sentir cómo subía el calor. Intenté hablar, pero no había palabras.

Jasper me observó, esperó a que dijera algo.

No parecía gran cosa, incrustada en el suelo de mi sótano. No era redondo, ni cuadrado, ni tenía forma de huevo. Tenía muchas caras, era tridimensional, esférico, casi euclidiano, un sólido dodecaedro.

"¿No deberíamos llamar a alguien?" preguntó Jasper mientras se inclinaba sobre el borde a mi lado.

"No estoy seguro de a quién deberíamos llamar. No estamos heridos, es la casa la que lo está. No es un fantasma, así que el equipo de cazafantasmas no nos ayudaría. No sé si Neil deGrasse Tyson o alguna de las revistas científicas hacen visitas a domicilio".

Jasper se echó a reír. "Ojalá Stephen Hawking siguiera por aquí".

"Creo que esto es más bien cosa de Stephen King", dije.

Estábamos en estado de shock, pero lo aguantábamos con humor.

"Tenemos que bajar y echar un vistazo más de cerca".

"No sé, mamá; la cosa irradia calor. Me parece que me estoy quemando con el sol sólo de estar aquí".

Tenía razón, pero yo no me había dado cuenta porque los sofocos a mi edad eran lo normal.

"¿Y la policía? preguntó Jasper, sacando el móvil y haciendo unas fotos.

"No sé cómo podrían ayudarnos, pero al menos están cerca". Me aterraba la idea de hablar con los agentes Ramsey y Marshall.

"Tomé ésta", me mostró Jasper, "mientras atravesaba el tejado".

La foto de la cosa en movimiento descendente mostraba cómo se plegaba y desplegaba justo antes de chocar.

"Está distorsionada", dijo Jasper. "Se movía muy deprisa".

Llamé al departamento de policía y el agente Ramsey tenía el día libre, así que pregunté por el agente Marshall. Después de explicárselo, me preguntó: "¿Es una broma?".

Como ya le había enviado una foto antes, le envié una ahora. Una prueba. Esperé.

El agente Marshall preguntó si había alguien herido, y le confirmé que sólo se trataba de la casa. Le expliqué nuestra intención de bajar a echar un vistazo más de cerca. Sugirió que le esperáramos y lo comprobáramos juntos.

Tras colgar, Jasper y yo fuimos a la cocina y puse la tetera.

"De todas las casas del mundo, ¿por qué la nuestra?", preguntó.

"Estaba pensando lo mismo, hijo". Yo también pensaba en la compañía de seguros y en lo que iban a decir. Primero el parabrisas roto y ahora una casa derruida. Vertí agua en el café instantáneo y nos sentamos.

"Si fuera de jade, seríamos apestosamente ricos", dijo Jasper.

"Sí, los chinos llaman al jade la Piedra Preciosa del Cielo".

Dimos un sorbo y caminamos mirando hacia abajo, el calor que desprendía. Subiendo. Me pregunté si estaría lo bastante caliente como para incendiar el resto de la casa. Decidí llamar a los bomberos.

***

Poco después empezó a sonar el timbre de nuestra puerta con invitados inesperados. No eran los agentes ni los bomberos. Eran nuestros vecinos. Oyeron el choque, se reunieron y vinieron a investigar (y a ver si estábamos bien).

Entraron a empujones y vieron que tanto Jasper como yo estábamos bien.

"Aquí sí que hace calor", dijo Artois, el de enfrente. Era famoso por decir obviedades.

"¿Qué pasa?", preguntó su mujer, asomándose al agujero.

"Tu suposición es tan buena como la mía", dije.

"Ha llegado la poli", dijo Jasper, y fue a dejarles pasar.

"Volved a vuestras casas", exigió el agente Marshall, pero nadie se movió.

Los bomberos llegaron con las mangueras preparadas. Siguieron el calor y rociaron el objeto desde arriba. En lugar de enfriarse, silbó y escupió. Salió más vapor. Cada vez hacía más calor, hasta el punto de derretirnos la ropa.

"¡Atrás! Retroceded!" exigió el agente Marshall. Los que llevaban la ropa protectora no sentían el calor como nosotros. En cuestión de segundos cesaron el asalto con agua.

Justo entonces llegó el representante de la compañía de seguros: "¡Vaya!", dijo.

Fue lo último que oí.

***

Me desperté en la cama con las sábanas subidas hasta el cuello, seguro de que acababa de tener un mal sueño sobre una cosa verde que caía en picado por el techo. Salí a investigar.

En el salón lo que vi fue un aparato de pala gigante que estaban bajando al agujero con la intención de sacar el cráter verde de mi casa. Parecía un buen plan.

La boca de la cosa se abrió, grande, más grande, y luego tan grande como pudo. Pasó por debajo de la cosa con las mandíbulas preparadas y apretó.

"¡Todos los sistemas listos!", gritó alguien.

El aparato se retorció y crujió. Cantó y luego cedió con un suspiro y la mandíbula rota. Los dientes metálicos se doblaron y retorcieron mientras lo que quedaba unido al aparato elevador volvía a subir.

"¿Y ahora qué?" pregunté.

"Señora -dijo el agente Marshall-, ¿por qué no os alojáis con tu hijo en un hotel durante unos días? A lo mejor hasta lo cubre el seguro".

"Acto de Dios", dije.

"Mi cuñado es asegurador y le pregunté por ello. Dijo que la mayoría de las pólizas cubren los meteoritos, así que si podemos determinar si esa cosa es un meteorito, todo estará cubierto".

"¿Y quién decide lo que es o no es?".

"Hemos contactado con alguien que podría aconsejarnos o indicarnos la dirección correcta".

Me senté en mi sillón favorito □ sin excepción mi trocito de paz en el caos.

***

Cuando nadie miraba, bajé para ver más de cerca aquella cosa. A medida que me acercaba, parecía haber un sonido, un zumbido, que se hacía más fuerte cuanto más me acercaba, además del aumento de calor. También había un olor que me hizo ponerme la mano sobre la nariz.

De pie junto a él, me invadió una sensación como si todo se hubiera vuelto del revés. De hecho, cuando miré hacia arriba, los invitados que estaban de pie en el salón se reflejaban abajo, como si su cuerpo estuviera en el piso de arriba y su sombra abajo flotando por el suelo conmigo. Era una sensación extraña, como si estuviera allí abajo pero no sola.

Las cosas parecidas a sombras eran imágenes reflejadas con luces verdes, energía que conducía al objeto. Estudié a los invitados de arriba y a su homólogo de abajo; cuando se movían, su energía similar a la sombra también se movía.

Caminé alrededor de uno de los rayos y más cerca de la masa caída y el calor disminuyó. Si seguía el patrón utilizando las energías de sombra, podía acercarme al objeto caído.

Al examinarlo más de cerca, me llamaron la atención unas rendijas en la superficie de la cosa. Tenían forma de ojos, pero no había pupila, párpado ni pestañas. Después de rodearlo, me sentí mareado.

Para estabilizarme, apoyé el brazo en la pared. Lo siguiente que supe fue que la pared se había desplazado y estaba fuera de mi casa. La pared de mi sótano se había convertido en un torniquete.

Aparte de la hierba, nada de lo que había detrás tenía el aspecto que debería. El cobertizo había desaparecido, así como el portabicicletas y la bici de mi hijo. Otra cosa, las casas de los vecinos habían desaparecido.

Empecé a caminar, deseando tener una cuerda atada a la casa a la que agarrarme por si me perdía,

Miré hacia arriba y no había ni sol ni cielo. Lo que los había sustituido era sólo verde por encima y alrededor, excepto los árboles. Los árboles carecían de ramas, meros troncos que llegaban hasta el cielo.

Me pellizqué para asegurarme de que estaba despierta. Lo estaba.

Me di la vuelta y observé mi casa. El objeto invasor era visible, medio dentro y medio fuera.

Por un momento, quise dar media vuelta hasta que me invadió una sensación. Me entraron ganas de cantar y lo hice. The Green, Green Grass of Home, de Tom Jones.

Meciéndome y bailando conmigo misma, era como si flotara en una nube. Entonces me vino a la mente una mano, la de mi marido Luther.

Le eché los brazos al cuello, y él hizo lo mismo alrededor del mío.

Nos besamos y bailamos.

Cuando terminó la canción, se inclinó, me sopló un beso y desapareció.

Me enjugué una lágrima.

***

Sintiéndome más sola ahora que el día en que murió, me rodeé con los brazos y me dirigí hacia la casa.

De nuevo dentro, me sentí atraída por el objeto que parecía moverse y zumbar. Algo más, giraba en sentido contrario a las agujas del reloj.

Arriba oí un grito seguido de un estruendo. Un cuerpo cayó por el agujero, se unió a su sombra de energía y se posó sobre la superficie del objeto. La carne del hombre chisporroteó y escupió, hasta que todo lo que quedó fue una forma de X donde se habían extendido los brazos y las piernas del hombre.

Se me revolvió el estómago mientras subía las escaleras.

***

Las caras inexpresivas lo decían todo.

Me acerqué a Jasper y le pregunté quién era el hombre. Me explicó que era un cámara del periódico local. Había intentado conseguir la mejor toma, pero se había inclinado demasiado.

"¡Todo el mundo fuera!" exigió Marshall. Esta vez no aceptaba un no por respuesta.

Jasper y yo volvimos a tener nuestra casa para nosotros solos, al menos lo que quedaba de ella.

***

El agente Marshall y dos agentes más estaban apostados en la parte delantera de mi casa.

Llegaron dos agentes más y se apostaron en la parte trasera.

Acordonaron la zona con cinta adhesiva. Hicieron cruzar la calle a los vecinos entrometidos.

Jasper y yo descorrimos las cortinas y nos asomamos justo cuando una procesión de vehículos negros chirriaba hasta detenerse. Las puertas se abrieron simultáneamente, como en una escena de Men in Black. Trajes negros. Gafas de sol.

"Oh, cielos", dijo el agente Marshall. "Creo que el experto con el que contactamos puede haber traído a las autoridades".

"Vaya si lo ha hecho", dije.

"¡Vaya!", exclamó Jasper cuando clavó los ojos en la única mujer del séquito.

Iba vestida con un traje rojo de dos piezas con chaqueta entallada y falda por encima de la rodilla. Bajo la chaqueta llevaba una blusa blanca con el cuello abierto y un collar con un corazón de diamantes. Remataba el look un par de tacones rojos de veinte centímetros y un bolso a juego.

Los hombres se contuvieron cuando la mujer subió las escaleras.

Estaba claro que era la líder de la manada.

Jasper y yo fuimos a la entrada, junto a Marshall y los otros dos oficiales. Formamos media herradura.

La mujer mostró su identificación. Era de Seguridad Nacional y la acompañaba otro agente. Había dos del F.B.I. Dos de la C.I.A. Dos del Departamento de Protección de Extranjeros. Dos del Servicio Secreto.

"¿Dónde está?", preguntó la mujer. Se llamaba Charlotte Cassidy. Se quitó las gafas de sol oscuras y su pelo negro contrastó inmediatamente con sus ojos azules. En la mano llevaba un objeto que hacía tictac. "No es tan grande como imaginaba". Se acercó al agujero con el aparato extendido y éste enmudeció.

"¿Detector de radiación?" susurró Jasper.

Me encogí de hombros.

El hombre de la C.I.A., Frank Dune, no paraba de ponerse y quitarse las gafas de sol aunque estuviera dentro. Era muy molesto. Su compañero, Jake Flatts, le dio un codazo y le dijo que dejara de hacerlo. "Señora, ¿qué sabe de este objeto?".

"Se me cayó por el tejado. Está ridículamente caliente. Zumba, a veces zumba. Intentaron utilizar una carretilla elevadora para sacarlo de aquí, y la rompieron". Me acerqué más, haciendo un gesto para explicar lo de la forma en X que había dejado el muerto.

"Ha desaparecido", dijo Jasper.

"¿Qué se ha ido?" preguntó Charlotte.

El agente Marshall intervino. "Un fotógrafo se cayó y se derritió sobre ella. Había una huella de su cuerpo, en forma de X, pero ya no es visible".

"¿Quizá nunca estuvo allí?", dijo.

"Estaba absolutamente allí", dije, "Tenemos muchos testigos".

"¡Jesús!", dijo uno de los chicos del Departamento de Protección de Extranjeros (T.D.F.T.P.O.A.). Se llamaba Alex Greene, y estaba deseando bajar a verlo.

Charlotte tomó la iniciativa y sugirió que el grupo se dividiera. Indicó quién debía quedarse arriba y quién debía bajar con ella. Me incluyó en este último grupo.

Alex Greene y su compañera Jessie Filtch estaban claramente molestos por haber sido excluidos, pero Charlotte pensó que lo mejor era que ella y su equipo accedieran primero al peligro antes de soltar a los demás.

****

Cuando llegué a la escalera de abajo, habiendo caminado despacio para poder pensar por el camino □ a veces ser vieja tiene sus ventajas □ me pregunté si debía contarles lo del baile con mi marido. Me di cuenta de que debía hacerlo, aunque en realidad no era asunto suyo.

Enseguida noté un cambio en el objeto. En dos de las ranuras parecidas a ojos había dos ojos de verdad. Sin embargo, el color no era humano, ya que había motas de verde en el fondo y en lugar de la pupila había algo rojo como una bola de fuego. Solté un grito ahogado y seguí adelante.

Una vez recuperado, esperaba que los invitados se asombraran o al menos se interesaran por las sombras que emanaban de los de arriba. Por extraño que parezca, no parecieron darse cuenta.

Charlotte estaba ocupada agitando su tictac que ya no sonaba. Se acercó más a mí. "¿Qué te preocupa exactamente de esta cosa? A mí me parece perfectamente inofensiva".

Me salvó de decir algo que habría lamentado P. G. Willow ("Pingüino" para abreviar) □ el representante de Seguridad Nacional. "Ten un poco de sensibilidad, ¿quieres? La casa de esta mujer ha sido invadida y destrozada". Hizo una pausa: "¿Has pensado que podría salir del cascarón?".

"Ni siquiera tiene forma de huevo", respondió Charlotte tras burlarse.

"Un huevo tal y como lo conocemos", replicó Pingüino.

Charlotte puso los ojos en blanco.

"Lo que me preocupa -dije intentando no parecer demasiado enfadada cuando me sentía enfadada- no es tanto esta cosa, sino todos vosotros merodeando por mi casa. ¿Por qué estáis aquí? ¿Por qué no están aquí los del Departamento de Protección de Extranjeros en vez del FBI, la CIA y Seguridad Nacional?

"Hace mucho calor", se ofreció el hombre del mostrador de Charlotte de Seguridad Nacional. Se llamaba Brad Hitt y se le daba bien afirmar lo malditamente obvio, como había hecho mi vecino.

Deambulé por los alrededores, intentando llamar la atención sobre las sombras. Entrando y saliendo de ellas. Nada.

¿Era yo el único que podía verlas?

"¿Qué son esos huecos en la superficie?" preguntó Hitt.

Me acerqué y le pregunté cuáles eran. Me pregunté qué podía ver y qué no. Dijo que eran cientos o miles de cosas vacías en forma de ranura. Entonces alargó la mano y habría tocado la cosa si yo no le hubiera detenido a tiempo.

"¿Intentas suicidarte?"

Charlotte intervino: "Creo que ya hemos visto bastante. Hay que enfriar esa cosa. Llama a los bomberos. Cuando lo hayan enfriado, podremos sacarlo rodando de aquí. Así de fácil".

Le conté lo que había pasado cuando los bomberos lo habían intentado.

Charlotte habló directamente al teléfono: "El objeto en cuestión se calienta cuando se vierte agua sobre él. Repito, se calienta en lugar de enfriarse cuando se vierte agua fría sobre él". Cruzó la habitación. Todos la seguimos.

"Un momento", dijo Hitt. Todos esperamos. "No importa", dijo.

Charlotte y su séquito se marcharon después de darnos instrucciones concretas:

#1. Nadie nuevo puede entrar en la casa.

#2. No publicar nada en las redes sociales ni en ningún otro sitio sin su permiso.

Luego se fueron, excepto dos.

***

Quedaban Alex Greene y su compañera, Jessie Filtch. Los dos tipos del Departamento de Protección de Extranjeros.

"Mamá, ¿podemos hablar?".

Nos excusamos y entramos en mi despacho.

"Mamá, creo que esos dos tipos son idiotas".

"Jasper, qué cosas dices".

"Creo que deberíamos llamar a alguien, a un experto. Como Sam y Dean en Sobrenatural. Ellos sabrían qué hacer".

Negué con la cabeza. "Eh Jasper, son personajes de ficción".

"Lo sé, mamá, pero tiene que haber tipos así en la vida real".

"¿Por qué no navegas por la red a ver qué encuentras?".

Dejé a Jasper en mi despacho y fui a buscar a Alex y Jessie. Llevaban un extraño equipo de protección que incluía uniformes y máscaras y, con las pistolas que llevaban, parecían los Cazafantasmas.

Esperaba ir delante, pero en lugar de eso seguí a los chicos. Llevaban muchas cosas de más, tubos y artilugios. Uno de los chicos hacía tictac.

Los chicos trabajaban bien juntos, con una extraña ósmosis. Uno sabía lo que pensaba el otro antes de comunicarlo. Se acercaron al objeto y, con guantes protectores, pusieron las manos sobre él. Sus trajes hicieron el trabajo □ al principio. Intercambiaron miradas y se hicieron un gesto de aprobación.

Me acerqué un poco más, detectando un olor extraño. Algo se estaba quemando. Primero se encendió el guante de Jessie y luego el de Alex. Corrieron hacia el lavabo y se arrancaron los guantes desintegrados con la otra mano. Se habían quemado las manos, pero no era tan grave como podría haber sido.

"¡Vaya!" dijo Jessie después de quitarse la máscara. "Ese hijo de puta está más bueno que el infierno".

Este arrebato de verdad me hizo reír mientras Alex se quitaba la máscara. "¿Te has fijado en la cosa?

Los dos hombres se miraron y luego me miraron a mí. No estaba segura de a qué se referían, así que me callé.

"Sí", dijo Jessie. "Los ojos".

Me sorprendió que pudieran verlos y lo dije.

"Un momento", dijo Alex. "¿Nos estás diciendo que puedes verlos sin ningún equipo ocular?".

Asentí con la cabeza.

"¿Qué más puedes ver?" preguntó Jessie.

Dudé y dije que volvería enseguida. Volvieron a ponerse las capuchas y subí a demostrar la energía de las sombras. Esperé, esperando oír algo de ellos, como un grito de placer, pero no oí nada".

"Ah, has vuelto", dijeron.

"¿Notas algo?"

"¿Puedo utilizar vuestro cuarto de baño?" dijo Alex y subió.

Jessie se puso la capucha y cuando Alex regresó intercambiaron miradas.

"Entonces, ¿puedes ver las sombras?".

"Pasamos las manos por ellas", admitió Jessie. "Y también pudimos leerla".

Me acerqué más. "Bueno, no me tengáis en vilo".

"Es un resplandor de aire ionizado, átomos de Rydberg, de ahí el tinte verde", dijo Alex. "Es difícil de explicar, ya que normalmente sólo se produce en el espacio o en lugares como la aurora boreal. Es extremadamente raro, quiero decir que es inaudito que ocurra en el sótano de alguien".

Me quedé con la boca abierta. La cerré.

"A base de aluminio", explicó Jessie. "No es tóxico ni peligroso. Creemos que el objeto está aquí por accidente, desde muy, muy lejos. Dado su tamaño y forma, por no hablar de su peso, devolverlo no va a ser fácil. De hecho, probablemente no dispongamos de la tecnología para hacerlo".

"Necesito un trago", dije.

Mientras subía las escaleras, Jessie preguntó: "¿Qué pasa con la pared?".

"Suponiendo que pueda verlo", dijo Alex.

Fingiendo que no les había oído, continué. Luego volví a beber un trago de whisky.

"¿Mamá?"

"Estoy en la cocina, amor".

"He encontrado a dos tipos, como Sam y Dean. Están conduciendo hacia aquí ahora, a unos cuarenta y cinco minutos, utilizando su GPS. Espero que no te importe, pero les he ofrecido una cuenta corriente. Hasta cien dólares para cubrir sus gastos".

Sonreí. "Me parece bien".

"Tienen una página web y muchos testimonios y experiencia en lo sobrenatural, lo oculto y lo alienígena".

"Bien hecho, Jasper. Avísame cuando lleguen. Mientras tanto, mantendré ocupados a los dos invitados de abajo".

"¿Estás bien, mamá? Pareces un poco cansada".

"Estoy cansada, pero emocionada al mismo tiempo.

"¡Yo también!"

***

Volví al sótano, confirmando que podía verlo.

"¿Lo has atravesado? ¿Hasta el otro lado?" preguntó Jessie.

"Me acerqué y me apoyé en la pared, así". Hice una demostración y volví a atravesarla. Los chicos ya se habían puesto el traje y me siguieron.

"¿Cómo es el aire?" preguntó Jessie.

"Es fresco y hermoso".

Se quitaron las máscaras.

"¿Cuándo notasteis el vacío por primera vez?" preguntó Alex.

"La verdad es que no, me asomé a él por accidente".

"Parece muy extraño con todo este cielo verde", dijo Alex. Tocó la hierba y dijo que parecía artificial.

Caminaron en dirección contraria a donde yo había ido antes. Les seguí de cerca. Caminamos durante un buen rato, escuchando atentamente el silencio. "¿Por qué lo habéis llamado el vacío?".

"Estaba bromeando", dijo Jessie. "El vacío es como llaman a algo así en el mundo de los juegos o la realidad virtual. Aún no estamos seguros de qué es, pero creemos que este mundo es el mundo del que procede tu objeto".

"De hecho", añadió Alex. "Esa cosa se camuflaría aquí, como un camaleón".

Oí un fuerte silbido. Era interesante observar que podía oír sonidos del interior de mi casa en este otro lugar. Alex y Jessie no reaccionaron al sonido mientras me dirigía de nuevo a la entrada y entraba directamente. Los chicos me pisaban los talones, pero no entraron. Metí la mano en el vacío (a falta de una palabra mejor) y luego la retiré. Estaba lleno de una sustancia gelatinosa de color verde. Volví a entrar con ambas manos, buscando desesperadamente a Jessie y Alex. Grité sus nombres a través de la pared e incluso intenté empujarme de nuevo para atravesarla, pero no tuve suerte.

Jasper susurró en voz alta.

"Tráelos aquí Jasper, creo que necesitamos su ayuda □ AHORA".

***

Nuestros Sam y Dean eran dos chavales jóvenes, apenas mayores que Jasper. Iban cargados de equipo mientras bajaban las escaleras. El más alto de los dos tenía el pelo rubio y se llamaba Bert (diminutivo de Albert) y el segundo joven, que llevaba un corte de pelo estilo militar, se llamaba Leo (diminutivo de Galileo.)

Después de intercambiar algunas amabilidades, les expliqué lo de los agentes desaparecidos y el vacío.

Leo habló por un micrófono que llevaba en el teléfono. Describió el objeto, incluyendo su tamaño y dimensiones. Me pidió que le explicara cómo funcionaba el vacío.

Bert se acercó al objeto verde para verlo más de cerca. Extendió la mano y tocó el objeto antes de que pudiera impedírselo. "Es totalmente genial", dijo. "Me refiero a la temperatura. Dada la descripción que Jasper ha hecho antes, yo diría que algo ha hecho cortocircuito".

Lo toqué yo misma; se sentía excepcionalmente suave y frío. Busqué el par de ojos, sin suerte. Me pregunté por las sombras y le pedí a Jasper que subiera corriendo las escaleras para poder comprobarlo. Nada. Bert y Leo me observaban atentamente.

"Creo que el dueño de esta cosa debe de tener un rayo tractor".

"Deberíamos decir que tenía un rayo tractor", dijo Bert. "Porque parece que ha funcionado mal".

"¿Puedo bajar ya? preguntó Jasper.

Me disculpé por haberme olvidado de él.

"Los del otro lado, ¿cómo se llaman?" preguntó Leo.

Les llamamos. Nada.

"Entonces, lo del rayo tractor", dije, "dejó de funcionar, ¿cómo lo arreglamos? Y si lo arreglamos, ¿podrán volver a enrollarlo?".

"Si pudiéramos hacer que se abriera el vacío, entonces empujaríamos el objeto a través de él", dijo Leo.

"Y recuperar a los chicos", añadió Jasper.

Seguiría teniendo un enorme agujero en el techo, pero al menos así podría arreglarlo.

Juntos, los cuatro nos colocamos a un lado del objeto. "A la de tres", dijo Bert, y lo empujamos con todo lo que teníamos.

"Ha sido una idea inteligente", dijo Bert cuando no pudimos desplazarlo ni un ápice. Dudó un momento y luego preguntó: "Cuando estabais al otro lado, ¿percibisteis algún peligro?".

Me lo pensé. No lo había hecho y lo dije. "Una cosa", admití. "Jasper, esto te resultará chocante. Esperaba contártelo en privado".

Le expliqué lo del baile con mi marido. Preocupada, le pregunté a Jasper cómo se sentía al respecto. Me dijo que ojalá hubiera estado allí conmigo.

"¿Preguntó por mí?"

Ojalá lo hubiera hecho, pero no fue así. Todo ocurrió muy deprisa.

"A ver si me aclaro", interrumpió Alex. "No era tu marido. Era una manifestación de tu marido. Los seres sobrenaturales pueden leer la mente, algunos pueden conjurar espíritus e incluso replicar a los vivos."

"Pero se sentía real, incluso olía real".

"Eso es exactamente lo que quieren que pienses", dijo Leo.

Fuera oí chirriar los neumáticos de un coche.

"Han vuelto", dije mientras nos dirigíamos hacia la puerta principal.

"Maldita sea", dijeron Leo y Bert. "Tenemos derecho a estar aquí. No vamos a ir a ninguna parte".

Abrí la puerta.

Nos mantuvimos firmes en nuestro sitio con un poderoso sentido del propósito y la determinación de que no nos moverían.

***

Esta vez no era Charlotte quien lideraba el grupo. Era el Presidente.

Era más alto que los demás, vestido con un grueso abrigo que se acentuaba con un par de guantes de cuero. Sus guardaespaldas se mantenían cerca, hablando por los micrófonos y mostrando un visible calor.

"Señor Presidente", dije haciendo una reverencia. Me tendió la mano sin guantes. Le presenté a Jasper, luego a Bert y a Leo. "Bienvenido a mi casa, Sr. Presidente".

Inclinó la cabeza, entró y preguntó: "¿Por dónde han pasado?".

¿Cómo lo sabía? ¿Habían puesto micrófonos en mi casa? Me enfadé y se lo dije.

Charlotte se acercó con el teléfono extendido y pulsó el play. En su teléfono había un mensaje de Jessie y Alex.

"¡Santo cielo!" exclamó Bert.

"¿Por qué no se nos ocurrió a nosotros?". preguntó Leo.

"Ahora no se os ocurriría, ¿verdad?". dijo Charlotte con una arrogancia impropia que las cejas levantadas del Presidente indicaron que no le hacía ninguna gracia.

"Seguidme", dije y los conduje al sótano.

"Un momento", dijo el Presidente. "¿Cómo es que esta cosa ya no emite calor?". Se volvió hacia Charlotte. "Creía que habías dicho que estaba al rojo vivo".

Charlotte se dio cuenta de que el Presidente tenía razón y pidió una actualización.

"Parece que ocurrió cuando los chicos entraron en el vacío", le ofrecí.

"Llámalos otra vez", ordenó el Presidente, Charlotte lo intentó, pero no contestaron.

Bert dijo al Presidente: "Estábamos considerando la posibilidad de hacer rodar la cosa fuera de aquí ahora que se ha enfriado. Si podemos abrir el vacío y hacer que los chicos entren y salga, podría considerarse como un intercambio de buena voluntad".

"¿A quién?", preguntó el Presidente.

"A quien lo haya enviado aquí", dijo Leo.

"Por favor, cuéntame más", dijo el Presidente y pronto Charlotte y su séquito se reunieron alrededor para escuchar también.

"Creemos", dijo Leo, "que a quienquiera que pertenezca esta cosa debe de haberle colocado un rayo tractor. Creemos que el rayo tractor funcionó mal □ pero en cualquier caso, tenemos que sacar a esos dos tipos antes de que se vuelva a encender".

El Presidente estrechó la mano de Leo y Bert. Se volvió hacia Charlotte. "Contratad a estos dos".

Los chicos se sintieron halagados pero declinaron su oferta, luego explicaron sus experiencias pasadas con lo sobrenatural, lo oculto y lo alienígena. Hablaron al Presidente de sus más de cinco millones de visitas en YouTube y millones de seguidores en las redes sociales.

"Bueno, eso es impresionante", dijo el Presidente. Se metió la mano en el bolsillo, sacó dos tarjetas de visita y se las dio a los chicos. Ellos, a su vez, le dieron sus tarjetas de visita.

"Ahora vayamos al asunto que nos ocupa", dijo el Presidente. "Cómo recuperar a nuestros chicos y pronto".

Me apoyé en la pared, como había hecho otras veces, con la esperanza de pasar, pero esta vez no funcionó.

***

Conseguimos mover ligeramente el objeto verde, para que estuviera en posición si se abría el vacío.

"Lo único que podemos hacer ahora es esperar", dijo el Presidente. Luego llamó a Charlotte, nos dio las gracias por ser unos ciudadanos excepcionales e hizo una moción para partir.

"¿Puedo pedirte un favor?" dijo Bert.

"Claro", dijo el Presidente.

"¿Podemos hacernos un selfie para nuestra página web?".

El Presidente dijo: "No hay problema" e hicieron varios.

Subimos y esperamos una señal. Cualquier señal.

***

El día se convirtió en noche.

Fuera, el viento silbaba y sacudía las tejas como si corriera una carrera contra sí mismo. Cerré los ojos, me estremecí, miré hacia arriba por el hueco del techo y divisé un rayo de luz en la noche estrellada y estrellada.

Jadeé y pronto todos estaban cerca de mí y miraban hacia arriba.

"¡Vaya!" exclamó Leo. "Creo que es el rayo tractor".

"¡Habla de transportarme Scotty!" dijo Bert.

El rayo tractor bajó, serpenteó por el agujero y bajó al sótano, donde se enganchó al objeto verde. El rayo tractor también era verde, pero brillaba y temblaba mientras se extendía y agarraba la cosa.

Una vez firmemente agarrado, pareció detenerse y luego aceleró los motores. El sonido era ensordecedor, y todos nos tapamos los oídos mientras elevaba el objeto, primero lejos de la pared y luego, lenta pero constantemente, hacia el cielo.

No podíamos apartar los ojos de él. Podríamos haber estado en peligro □ aun así no podíamos apartar la mirada. Se elevó más y más hacia el cielo nocturno. Salimos fuera, para ver más de lo que había al otro lado, pero desde todas las perspectivas no se veía nada, salvo el rayo de una línea verde que se llevaba el objeto.

Una vez que desapareció por completo, tan alto que era invisible a simple vista, permanecimos juntos de pie en silencio hasta que dije: "Vale, el objeto ha desaparecido, pero ¿qué vamos a hacer con Alex y Jessie? Siguen atrapados en el vacío".

"Supongo que necesitamos un Plan B", dijo Leo.

"Eso te lo dejamos a ti", dijo Charlotte mientras pulsaba la marcación rápida de su teléfono e informaba al Presidente y luego declaraba el caso cerrado. "Aquí no hay problemas de seguridad ni extraterrestres". Ella y su séquito recogieron y se dirigieron a sus vehículos.

"¡Un momento!" grité. "¿Ni siquiera te preocupas por tus hombres?".

"Daños colaterales", dijo Charlotte mientras cerraba la puerta de su coche. Se alejaron.

"Supongo que depende de nosotros", dije.

Bert y Leo se miraron.

Bert dijo: "Lo siento, pero no sabemos qué hacer ni cómo recuperarlos. Nosotros también nos vamos a ir, a dormir un poco. Os llamaremos por la mañana si se nos ocurre algo".

A Jasper y a mí no nos hizo ninguna gracia. Ahora que el objeto había desaparecido, todo el mundo se marchaba. Abandonándonos.

Jasper se fue a su habitación y yo me puse el pijama, pensando constantemente en los hombres desaparecidos. Intenté distraerme leyendo una novela de misterio, pero el misterio que había bajo mi propio techo exigía mi atención. Tras dos horas dando vueltas en la cama, me levanté para prepararme una taza de té.

Me habría puesto la bata de haber sabido que venía compañía.

***

Sorbiendo té, preguntándome cómo podría resolver el dilema, contemplé las estrellas, mientras una lágrima resbalaba por mi mejilla. Dos hombres estaban perdidos en algún lugar del vacío, sin familia, sin amigos, sin patria. Habían sido ciudadanos valientes. Se merecían algo mejor.

Cogí una galleta de chocolate y estaba a punto de darle un mordisco cuando me fijé en una brillante estrella verde. ¿Una estrella verde? Me froté los ojos, pero seguía allí, guiñándome un ojo. Salí fuera, para tener una visión completa del cielo nocturno.

No era una estrella.

Se estaba moviendo, cayendo rápidamente en mi dirección, haciéndose cada vez más grande.

"¡Oh, no!" grité a nadie. Entonces llamé a Jasper, y salió corriendo. Señalé hacia arriba, mientras contemplaba un movimiento rápido si necesitábamos apartarnos de su camino.

Cuando la distancia entre ellos y nosotros disminuyó, no pudimos contener la emoción y saltamos de alegría cuando la cosa se detuvo y allí estaban ellos.

Se abrieron dos paraguas negros, Alex y Jessie agarraron uno cada uno y comenzó su descenso hacia nosotros. Vestidos con trajes de un material reflectante, Alex y Jessie cayeron suavemente hacia nosotros.

Tras aterrizar suavemente, la pareja metió la mano en el interior de sus trajes y sacó dos botellas verdes. Tras abrirlas, bebieron su contenido. Se quitaron los trajes y mostraron la ropa con la que habían partido. Volvieron a introducir las botellas y las sujetaron a los paraguas.

El rayo tractor se enganchó a los paraguas y a los trajes. Saludamos mientras los objetos eran arrastrados hacia el cielo y observamos hasta que dejamos de verlos.

"¡Bienvenidos de nuevo!" exclamamos Jasper y yo.

"¡Me encantaría una taza de té!" dijo Alex.

"Yo preferiría un trago de whisky", dijo Jessie.

"¿Quiénes eran?" pregunté. "¿O debería decir QUÉ eran?".

"Todo a su debido tiempo", dijeron al unísono nuestros dos héroes retornados. "Pero antes debemos tomar galletas y bebidas".

Se adaptaron a estar de vuelta, mientras yo emplataba. Nos sentamos juntos a la mesa, sorbiendo. Esperando. No tenían nada que decir. Ninguna pregunta para nosotros, a pesar de que el enorme objeto verde ya no estaba en mi casa.

Mi paciencia empezaba a agotarse, así que les pedí que nos contaran qué había pasado.

"Fueron unas vacaciones cortas", dijo Alex.

"Sí, unas vacaciones pagadas", dijo Jessie.

Me puse de pie. "¿Qué queréis decir? ¿Dónde estabais? ¿Quién te tenía? ¿Te encarcelaron? ¿Cómo eran? ¿Cómo les convenciste para que te enviaran de vuelta?". Volví a sentarme.

Jasper continuó: "¿Y qué era esa cosa verde? ¿Por qué estaba aquí? ¿Le patearon el culo a alguien por tirarla?".

Los hombres se miraron con la cara desencajada. No tenían ni idea de lo que estábamos hablando. Hablando de despistados.

"Mamá, creo que los alienígenas les borraron la mente".

"Estoy de acuerdo. Hablando de borrón y cuenta nueva".

No había nada más que pudiéramos decir o hacer, aparte de irnos a dormir. Jessie se tumbó en el sofá, Alex en el sillón La-Z-Boy.

Alex se levantó de un salto. "Antes de que se me olvide".

Jessie también saltó. "Sí, tenemos algo para ti".

Jasper y yo nos miramos, como si nos hubieran pinchado o escandalizado.

Jessie sacó de su bolsillo un estuche verde brillante. Onduló cuando lo tomé en la mano y lo sentí muy frío. Lo abrí y me quedé boquiabierta. Dentro estaba la Medalla de San Cristóbal de mi marido. La que le había regalado en nuestro primer aniversario de boda.

Alex entregó un objeto similar a Jasper. Dentro estaba el reloj de su padre. Jasper se lo puso directamente en la muñeca. "¿Dijo algo sobre mí?"

Alex dijo: "Os ve todos los días, a los dos. Es cierto lo que dicen, aquellos a quienes amamos nunca están lejos de nosotros".

Tanto Alex como Jessie saltaron esta vez al unísono. "Tenemos que irnos".

"¿Y ahora qué?" pregunté. "¿Estáis bien?"

"Sí", dijeron a la vez. "Tenemos algo que entregar al Presidente. Ahora mismo".

Aparcó un coche y se fueron.

***

"Tenemos que entregárselo nosotros mismos", exigieron Jessie y Alex.

Era plena noche, pero el Presidente accedió a recibirlos.

Cuando entraron en el Despacho Oval, el Presidente estaba sentado y llevaba puesto su albornoz de seda.

"¿Qué tenéis vosotros dos para mí?", preguntó el Presidente.

Juntas, Jessie y Alex le presentaron el objeto. Era un botón verde excepcionalmente grande. En él se leía: "EMPÚJAME. HAZLO".

"¿Qué ocurrirá?", preguntó el Presidente.

"No lo sabemos".

"Tengo que preguntar a alguien, a uno de mis asesores. No puedo...".

"Pero tú eres el Presidente", dijo Jessie.

"Sí, puedes hacer cualquier cosa, ¿no?".

El Presidente puso el botón verde en su escritorio, junto al botón rojo. Juntos parecían bastante navideños.

Jessie y Alex dijeron: "Fuera. Fuera. Fuera".

"Vale, chicos, vale", dijo el Presidente. "Vamos".

Una vez fuera, el Presidente no pudo esperar a pulsarlo y así lo hizo.

El cielo pasó de azul a verde mientras un rayo tractor cubría el país de costa a costa, sacando todos y cada uno de los AR-15.

## EPÍLOGO

Lejos, muy lejos, en el planeta con el cielo verde y la tierra verde pero donde los árboles no eran más que troncos, los alienígenas reutilizaron los materiales terrestres que habían reunido.

Los AR-15 se convirtieron en ramas.

Las botellas se colgaban de las ramas y silbaban con el viento.

Los paraguas protegían de la lluvia y del sol.

Cada vez que los alienígenas necesitaban más AR-15, encendían el botón y los Presidentes siempre lo pulsaban.

# DARRYL Y YO

EL MISMO DÍA QUE me enteré de que estaba embarazada, murió mi marido.

Estoy en una zona de guerra. No estoy sola. Mi bebé está conmigo, dentro de mí.

Cruzo los brazos sobre mi bebé, protegiéndolo mientras camino por la calle mientras las bombas explotan a nuestro alrededor. Intento encontrar refugio para nosotros, pero las bombas se acercan cada vez más.

Estoy perdida, pero sin miedo. Mi hijo me da patadas en la mano para tranquilizarme. Nos estamos uniendo mientras el resto del mundo vuela en pedazos.

Me detengo y me miro en un espejo en el centro de la calle. Llevo un vestido rojo brillante con zapatos rojos a juego y medias negras. Me alboroto el pelo con los dedos y busco un lápiz de labios en el bolso. Imprimo un beso en el cristal, echo la cabeza hacia atrás y me hago un selfie. Lo cuelgo en Instagram. O lo intento. No estoy segura de tener suficientes barras.

Oigo el grito de una sirena. Viene en mi dirección. Se dirige hacia el espejo. Alargo la mano para agarrarla, pero una mano agarra la mía. Grito. La sirena grita.

"Métete dentro. ¿Estás loca? Entra!", dice el conductor de la ambulancia en un idioma que no conozco ni entiendo. Por suerte, hay subtítulos.

Dudo antes de subir. Tengo que encontrar a Darryl. Darryl está aquí, en alguna parte, y nuestro bebé necesita a su padre. Darryl me busca a mí y nosotros le buscamos a él. Nuestro hijo es el imán. El radar. El GPS.

Echo la cabeza hacia atrás y grito su nombre alto y claro: "¡Darryl!". Escucho y vuelvo a gritar. Grito su nombre y escucho. El conductor de la ambulancia dice que estoy loca y mete la marcha atrás.

La ambulancia choca contra el retrovisor y estalla una bomba. Vuelan pedazos por todas partes.

Hay mucha sangre en los trozos de cristal.

Me despierto y grito.

***

Tuve el mismo sueño todas las noches después de la muerte de Darryl. Seguía reviviendo cómo ocurrió, aunque yo no estaba allí. Era una operación rutinaria como parte de la Fuerza de Mantenimiento de la Paz de las Naciones Unidas.

Es un mecanismo de supervivencia, esto de soñarlo, vivirlo. Intentando encontrar al hombre que amo cuando lo enterramos. El funeral fue hermoso. Estaba muy orgullosa de Darryl. Renunció a su vida por la causa y lo entiendo. Le admiro por su dedicación porque le hizo un hombre mejor.

Colocaron la bandera sobre su ataúd. Arrojé dos puñados de tierra al suelo y caí de rodillas sollozando. Mi madre y otras personas, incluidos mis amigos, intentaron ayudarme, pero los aparté a gritos. Quería estar a solas con Darryl. Quería hablarle del bebé.

Nuestro bebé.

No me iría hasta que tuviera la oportunidad de despedirme. Me tumbé junto a la tumba abierta, boca abajo, apoyando la cabeza en los brazos. Le dije cuánto le quería y me despedí de él antes de lanzarle un beso y ponerme en pie.

Mamá estaba a mi lado y Moni también. Cada una me cogió de un brazo y volvió a unirme. Nos dirigimos al coche.

De camino a casa, sentí la presencia de Darryl. Sus brazos me envolvieron. Se me erizó el vello de los antebrazos, podía olerle. Podía sentirle.

Luego, se había ido.

En casa, al otro lado de la puerta, me esperaba una caja oblonga con un lazo en el centro. Quise preguntar qué hacía allí, pero la pena que había en la habitación me arrastró. Floté de persona en persona, asumiendo sus "lo siento mucho" y sus clichés de "con el tiempo mejorará". La mierda habitual de después de un funeral.

Cuando se fueron, me sentí vacía.

Mamá me metió en la cama, como solía hacer cuando era pequeña.

Cuando cerró la puerta tras de sí, levanté los puños cerrados hacia el cielo por haberme llevado a Darryl.

Luego caí de rodillas en señal de gratitud por nuestro bebé que crecía dentro de mí.

***

Me despierto mirando el espacio vacío a mi lado, limpiándome la baba de las comisuras de los labios. Suena el timbre. Retiro las sábanas y piso el suelo. Antes de que pueda salir de nuestra habitación, mi madre se abalanza sobre mí con los brazos abiertos.

Tengo que pedirle que me devuelva la llave.

"Estaba tan preocupada", dice, abrazándome, apretándome y haciéndome sentir como una niña pequeña una vez más. Se aparta y me mira a la cara.

Me paso el pelo por detrás de la oreja izquierda e intento sonreír. Me dirijo hacia la cocina y, cuando llego, lleno de agua la cafetera.

Abro el lavavajillas para mantenerme ocupada mientras la cafetera escupe detrás de mí. Mamá cierra la puerta del lavavajillas, pulsa los botones necesarios y me hace retroceder hasta una silla donde no me da otra alternativa que sentarme.

Ella está en el asiento de Darryl y yo en el de nadie. Cuando se da cuenta, se sienta en la silla de nadie. Se levanta de un salto antes de que yo pueda y sirve el café. Yo añado nata y azúcar al mío y le doy un sorbo. Un sorbo es suficiente.  Corro al baño. Olvidé que el café provocaba náuseas matutinas a algunas de mis amigas.

Cuando vuelvo a la cocina, mamá ha preparado una taza de té de manzanilla descafeinado. Se supone que me calmará.

Me siento y sorbo la bebida amarga y caliente mientras mi madre se mueve por la cocina como una persona con una misión. "Te estoy haciendo una tostada", dice cuando aparece casi en el momento justo. Mi madre utiliza el cuchillo para aplastar la corteza, otro recuerdo de cuando yo era pequeña. Luego unta la mantequilla y se vuelve para mirarme.

Mamá añade mermelada de fresa y va a la nevera. Saca el bloque de queso que desmenuza sobre mi tostada. La vuelve a colocar encima de la tostadora (con la cara de la mermelada y el queso hacia arriba) y aprieta el botón para que la tostada se caliente unos segundos.

Éste es otro ritual de mi infancia y le agradezco que esté aquí.

Mamá corta la tostada en triángulos y no puedo creer lo maravillosa que sabe cuando la muerdo. Me como las dos rebanadas y luego bebo un poco más de té, que ya no sabe tan amargo desde que le echó unos chorritos de miel. Ella cree que no me he dado cuenta.. Cojo la mano de mamá y le doy las gracias una vez más.

El bebé ya no tiene hambre.

La madre del bebé ya no está cómodamente entumecida.

La abuela del bebé ya no se siente inútil.

Mamá limpia, parloteando sobre esto y aquello. Escucho sin apreciar sus esfuerzos de distracción. Permito que piense que sus tácticas de distracción funcionan. Para ser sincera, no puedo seguir su línea de pensamiento ni su ritmo. Tengo la sensación de estar escuchándola desde debajo del agua.

Se ríe. Salto. Vuelvo de dondequiera que haya viajado mi mente. He ido a alguna parte en un instante. Sentí que me iba.

Era una niña pequeña, escondida bajo la escalera. Luego subí las escaleras y entré en el armario, donde estaba muy oscuro. Las mangas de la camisa de mi padre se movieron. Salí corriendo, delatando mi escondite. Me pillaron.

"Recuerdo el momento", dice mamá, trayéndome de nuevo al presente. Es como si contara la historia por primera vez. "Solías esconder las cortezas cuando eras pequeña. Antes de que empezara a aplastarlas con un cuchillo, las encontrábamos en los bolsillos, en las macetas. Ah, las de las macetas. Absorbían el agua y mataban algunas plantas antes de que nos diéramos cuenta de lo que hacías".

"Matar las plantas", imito.

Se acerca a mí, se arrodilla y me pregunta: "¿Estás bien, cariño?".

Casi me río de su ridícula pregunta, pero me detengo antes de hacerlo, antes de decir: "NO, JODIDAMENTE NO ESTOY BIEN". Darryl. Jesús, Darryl. Empujo la silla hacia atrás, creando espacio entre madre y yo, y me pongo en pie. Soy como un zombi. Pero no necesito alimentarme de carne humana. Quiero a Darryl. Sonrío cuando repito en mi cabeza necesidad de alimentarme necesidad de alimentarme necesidad de alimentarme.

Ahora que estoy de pie, debería moverme. Mis pies quieren ir a alguna parte, a cualquier parte, y sin embargo me encuentro haciendo exactamente lo contrario. Vuelvo a sentarme. Madre hace lo mismo. Da un sorbo a su taza de café, probablemente helado ya.

Me levanto y digo: "Estoy cansada", aunque me acabo de levantar, lo sé. Ella lo sabe. Pero no me importa una mierda. Vuelvo a mi habitación, la mía, y mi madre me sigue. Cuando me alcanza, me pone la mano derecha en la cadera, como si tuviera que guiarme. Como si pudiera perderme por el camino.

Ya en la puerta, me giro y la miro. Tiene lágrimas en los ojos, pero no se derraman. Sabe lo que se siente al perder a un marido, porque ella perdió a papá, pero no es lo mismo. Tenían toda una vida juntos. Se tuvieron el uno al otro durante treinta y siete años antes de que papá muriera. Nosotros sólo estuvimos casados dos años y medio. Darryl nunca verá a su hijo ni a su hija. Quiero decir esto, pero no lo hago.

Creo que ella sabe lo que estoy pensando, aunque no lo sé con certeza. Es eso de la ósmosis madre-hija. Me besa en la frente mientras me arropa en la cama. Sale y cierra la puerta tras de sí.

Vuelvo a levantarme de la cama, voy al espejo y me miro. En cuarenta y ocho horas, he envejecido diez años. Aunque he dormido la mayor parte del tiempo, las ojeras son enormes. Parece que he estado llorando todo el tiempo, pero la verdad es que ya se me han acabado las lágrimas. Mi cara ya no se parece a mí. Soy una extraña, incluso para mí misma.

Dejo correr un poco de agua y me la echo en la cara antes de empapar con agua tibia un paño para la cara, el de Darryl. Me lo pongo encima para respirarlo.

Busco su toalla de baño, me despojo de la ropa y me envuelvo con ella. Me envuelve y me calienta como si estuviera en sus brazos. Me siento así durante lo que parece una eternidad. Como si me abrazara. No fluyen lágrimas. No hay lágrimas que llorar. Es como si Darryl nos envolviera. Manteniéndonos juntos, los tres, Darryl, el bebé y yo.

Los golpes de mamá en la puerta me devuelven al presente. Debo de haberme quedado dormida. Me levanto demasiado deprisa cuando la puerta se abre de golpe. La toalla de Darryl cae al suelo.

Mamá y la vecina entran en la habitación y yo cojo a tiempo la toalla de Darryl y oculto mi desnudez. Empiezo a reírme y no puedo parar.

Madre y parece preocupada. A la vecina se le salen los ojos de las órbitas. Pronto llamarán a los hombres de las chaquetas blancas entalladas para que vengan a recogerme si no me repongo.

***

Es el día de mi boda y camino hacia el altar del brazo de mi padre en una gran iglesia. Sé que estoy soñando porque papá nunca me llevó al altar. Ya estaba muerto cuando Darryl y yo nos casamos, y Darryl y yo no nos casamos en una iglesia. "Tu canción", de Elton John, es nuestra canción. Era la canción de Darryl y mía. En realidad preferíamos la versión de Ewan McGregor, ya que nos encantaba Moulin Rouge.

Papá y yo saludamos a los que vemos por el camino. La abuela Eleanor, que lleva muerta desde que yo era pequeña, me sopla un beso. Saco una flor de mi ramo. Aliento de bebé, su favorita. Se la doy.

Sonríe y una lágrima cae por su mejilla.

Al otro lado del pasillo está mi prima Ruth. Estábamos muy unidas cuando éramos niñas. Ahora apenas nos vemos. Supongo que estará pensando exactamente lo mismo que yo mientras paso a su lado. Nota para mí: invitarla a cenar pronto.

Ahí están los dos hermanos pequeños de Darryl, Dale y Donny. Sus padres tenían una especie de manía con la letra D. Nota para mí: no continuar con dicha tradición.

Veo a mi otra abuela, la madre de mi madre. No asistió a nuestra boda. Ella y mamá están cogidas de la mano y me desengancho de papá unos segundos para ir a darles a las dos un fuerte abrazo. Me tiemblan un poco las rodillas cuando la abuela alarga la mano, me la coge y deja caer algo en ella. Instintivamente cierro los dedos a su alrededor; aunque no veo lo que es, puedo sentir que se trata de una llave. Papá me coge del brazo y volvemos a ponernos en marcha hacia el altar.

Mis damas de honor, Trish y Moni (diminutivo de Monique) ya están cerca de mí. Están guapísimas con sus vestidos blancos antiguos, pero espera, yo era la que iba de blanco antiguo.

Papá me gira, me quita la mano del brazo y la envuelve en la de Darryl. Me giro para mirar a mi futuro marido, pero no es Darryl. Bueno, una vez fue Darryl, pero ahora ya no lo es. Está muerto. Es un cadáver putrefacto.

Grito mientras la baba verde brota de sus labios cuando intenta sonreír. No soy la única que grita.

Todo el mundo grita.

Todo grita, incluso las máquinas.

Abro la mano.

Me trago la llave.

Se rompen trozos de cristal por todas partes.

***

Abro los ojos. No estoy en casa, sino en el hospital. Oigo tic-tac, latidos del corazón. Pitidos. Susurros. Vuelvo a cerrar los ojos. Me hago la dormida.

"No hay cambios".

"No puedo rendirme".

"¿Y el bebé?"

El bebé. Esas dos palabras me devuelven a la realidad e intento incorporarme y descubro que soy incapaz.

Cuando no puedo mover los brazos ni las piernas, grito. Me agarro el vientre, a mi bebé, a nuestro pequeño, y descubro que el bulto del bebé es más grande ahora. ¿Cuánto tiempo he estado durmiendo?

"¿Mamá?"

"¡Oh, cariño! Cariño", me dice. "Te pondrás bien", me arrulla, pero no la creo. Ni una sola palabra.

"¿Cuánto tiempo llevo aquí?" pregunto, y mi cabeza parece una cámara de eco mientras las palabras reverberan dentro de mi cráneo.

Me abraza y me sujeta en lugar de responder. Cuando me separo, me sujeta la cabeza con la mano y me mira a los ojos como si intentara encontrarme.

Intento no parpadear, pero no puedo evitarlo. ¿No odias cuando pasa eso? En cuanto intentas no hacer algo, tu cuerpo te traiciona y te obliga a hacerlo aún más.

Ella no dice nada. Cree que no puedo soportar la verdad. La voz de la verdad en mi cabeza es la de Jack Nicholson en "Algunos hombres buenos". A Darryl le encantaba esa película. La vimos tantas veces que perdí la cuenta.

"Quiero saberlo", me oigo decir, pero por la forma en que me mira, no sé si lo he dicho en voz alta o en mi cabeza. Vuelvo a intentarlo, esta vez un poco más alto, y ella reacciona.

"Permíteme", dice, y se marcha, volviendo al cabo de unos instantes con alguien a quien no reconozco. Los dos se mueven por la habitación como si estuvieran preparando el escenario de una obra de teatro. Susurran, me miran y susurran más.

Qué groseros.

Espero, como si fuera invisible e intento no explotar.

El desconocido me clava una aguja en el brazo y me voy pensando que debería prohibirse el personal de hospital vestido de calle.

Sueño de nuevo que voy por la calle, buscando a Darryl mientras estallan las bombas.

***

El chichón que tengo ahora es aún mayor. De hecho, notablemente más grande. Cuando el bebé se mueve, veo trozos de él a través de mi piel. Extremidades que dejan huellas como si me volvieran del revés cuando nuestro hijo empuja contra las paredes de mi vientre.

Ya no estoy en el hospital. Estoy en casa, sentada en una habitación infantil, meciéndome en un sillón de lactancia que no se mece en el sentido habitual de la palabra. En lugar de eso, se desliza.

Ovejas dormidas con zzzs rodeando sus cabezas se alinean en las paredes esperando a ser contadas.  Empiezo a contar, luego sonrío, mirando a la cuna. El tiempo se detiene, tiene que hacerlo, porque nada ocurre aquí, hoy, ahora.

Me levanto de la silla, medio despierta y medio dormida. Toco el móvil y empieza a sonar Frere Jacques. Canto mientras cojo una manta con una oveja.

Doblo la manta cada vez más pequeña, hasta que queda un cuadradito. Luego la vuelvo a colocar en la cuna y me miro en el espejo de la esquina.

Parte del espejo es visible y parte no lo es porque algo lo cubre. Me acerco y levanto el guardapolvo para descubrir un tesoro que ha pertenecido a mi familia durante décadas. Una reliquia familiar heredada de la madre de mi madre.

El marco está frío al tacto cuando lo recorro con los dedos. Es de madera y está grabado con pares de manos entrelazadas. Las huellas de los dedos entrelazados resultan aún más frías al tacto. Acerco mi cuerpo hasta que el bulto de mi bebé empuja contra el cristal. No lo toca. Lo atraviesa. A medida que me acerco más y más, el bultito desaparece en el cristal.

Doy un paso atrás y el bultito se desconecta con un sonido de succión. Mi bebé da patadas y patadas de nuevo mientras me alejo del espejo y vuelvo a la silla en la que había empezado. Al sentarme, el móvil se reinicia y empezamos a deslizarnos en sintonía con él.

Mi bebé se tranquiliza y dormimos.

***

"Despierta, Cath", dice Darryl.

Ruedo hacia él y me acurruco contra él. El bebé choca entre nosotros. No podemos estar tan cerca el uno del otro como antes, pero estamos más cerca en muchos otros niveles.

Suena la alarma y estoy abrazada a la almohada de Darryl, no a él. Mi bebé da patadas y salgo de la cama para deambular por el pasillo, semidespierta, hasta el cuarto de baño, donde voy al retrete. Abro el grifo, me meto en la ducha y dejo que el agua corra sobre mí.

A mi bebé le encanta el agua y nos quedamos allí hasta que se acaba el agua caliente y se convierte en fría. Ahora tengo hambre, me pongo la bata y bajo las escaleras mientras mamá entra por la puerta principal. Debe de haber llamado al timbre cuando yo estaba en la ducha. Nota para mí: pedirle a mamá que me devuelva la llave.

"He traído regalos", dice. Vierte una caja entera de rosquillas heladas sobre la mesa; las rosquillas aún están calientes y huelen a gloria. Me meto uno en la boca y ella otro en la suya. Nos abrazamos y comemos un segundo donut antes de decidirnos a preparar una tetera.

Mi bebé da una patada de agradecimiento y mamá lo siente en persona. "Oh", digo, mientras el bebé hace notar aún más su presencia dando lo que parece una voltereta dentro de mí.

"¿Estás bien?" pregunta mamá.

"Está contento", digo.

Mamá capta el hecho de que he dicho él. No lo menciona. En lugar de eso, me cuenta los últimos cotilleos.

La escucho por cortesía, no porque me interesen los sucesos locales. Antes, quiero decir, antes de conocer a Darryl, contribuía subiéndome al tren de los cotilleos. A veces, incluso era el revisor sin sombrero. A veces, era el furgón de cola. De un modo u otro, siempre estaba en el tren. Me dejaba llevar por los cotillas.

"¿Has visto la guardería?" pregunto de la nada, mientras ella está en medio de un chisme.

Me mira como si fuera una extraña. "¿Seguro que estás bien?", pregunta con el ceño fruncido en forma de interrogación horizontal.

Me doy cuenta de que he dicho algo raro, quizá incluso estúpido. No sé de qué se trata. "Estoy bien", le digo, intentando tranquilizarla.

Me levanto, esperando que ella haga lo mismo, pero no lo hace. En lugar de eso, saca otro donut de la caja y le da un mordisco.

Mi bebé me da una fuerte patada. Como si quisiera otro donut. Tengo que hacer pis y se lo digo. Mamá me sigue por el pasillo.

"Nos vemos en la guardería", le digo.

"De acuerdo", responde mamá.

Cuando me reúno con ella en el cuarto de los niños, mamá está de pie delante del espejo. Me uno a ella, de pie a su lado, y me acerco cada vez más al cristal. Pruebo a ver si el bebé lo atraviesa, como ayer, pero no lo hace. No hay ondulación. No hay conexión. ¿Estaba soñando?

Cuando me doy la vuelta, el móvil empieza a reproducir Frere Jacques por sí solo.

"Lo he rebobinado, Cath", dice, "hemos hecho un trabajo maravilloso decorando, ¿verdad? Estoy encantada".

No recuerdo haber decorado y no quiero admitirlo. ¿Cómo he podido olvidar algo así?

"Tu tatarabuela estaría encantada. Me alegro de que el espejo te pertenezca ahora".

El mundo empieza a girar y a desvanecerse. Avanzo y casi me caigo. Mamá me coge y me pliega en la silla, donde me deslizo de un lado a otro.

"¿El espejo no es tuyo por derecho?" le pregunto.

"Sí, pero no me importa. Es perfecto en esta habitación".

Pensando en el espejo, me quedo dormida. Mamá se ha ido. Está oscuro, salvo por una luz que parpadea en un rincón a poca distancia del espejo.

El bebé patalea. Está inquieto. Me levanto y camino hacia el espejo. Al acercarnos, la luz se aclara. El bebé patalea y se agita. Retiro la manta y miro el reflejo de mi bulto de bebé, acercándome cada vez más. El bebé patea un gol de campo.

Mi barriguita choca contra el espejo. El bebé patalea de nuevo, acortando la distancia entre el bultito y el cristal. Cuando los dos se unen, mi bultito desaparece en él. Hay un tirón que nos atrae.

Ahora estoy pegada al cristal. Me aprieto más hasta que mi cara entera está dentro. Mi cabeza me sigue. Mi bebé rueda hacia el reflejo.

Una fuerte ráfaga de viento se levanta en algún lugar detrás de nosotros y nos empuja más adentro. Ahora hay suficiente de mí dentro para notar la diferencia en el aire. Otoño. Hojas. Era primavera donde estábamos y otoño aquí. ¿Cómo puede ser?

Puedo oler y sentir el aire fresco, azotándonos, dándonos la bienvenida. Una brisa susurra sobre mi piel como una caricia.

Mi bebé empuja hacia delante y hacia atrás, buscando consuelo al otro lado. Consuelo dentro del mundo de cristal. Acaricio mi barriguita para tranquilizarme y mi bebé empuja hacia atrás para hacer lo mismo conmigo.

Es magnífico. Estoy en medio de un bosque. No, estoy en una playa con arena, pura arena blanca y olas que rompen y rompen en la orilla.

No, estoy cerca de montañas, altas montañas con senderos que serpentean a su alrededor. Son muchos mundos juntos. Oigo cantar a los pájaros. Hay cuervos, cuervos, arrendajos azules, flamencos, cucaburras, whinchats, gorriones, sinsontes y gaviotas. Puedo saborear la sal del océano en la lengua.

Grito: "Hola", y mi voz resuena alrededor y alrededor y alrededor. Mi bebé baila al son del eco, haciéndome cosquillas y risitas. Siento paz, pura y dulce. Gozosa. En casa.

Al otro lado, detrás de mí, algo me tira hacia atrás. No quiero ir. Mi bebé no quiere irse, pero algo me agarra. Nos arranca de allí. Atrás.

"¿Qué demonios estáis haciendo?", grita alguien. Su voz es temblorosa, entrecortada.

Oigo las palabras, pero la voz suena como si estuviera dentro de una nube.

***

En cuanto volvemos, queremos irnos de nuevo. Queremos estar allí, existir allí. Sólo allí y en ningún otro sitio.

Es Moni y está muy enfadada conmigo. "¿En qué estabas pensando?

No digo nada mientras vuelvo a mirar al espejo.

"No te hagas la inocente conmigo", dice Moni. "Estabas viajando. Quiero decir, en otra dimensión, ¿no?

"¿Viajando? le digo con mímica. Pienso en ello un segundo, en lo loca que debo de haber parecido y digo: "Estaba mirando mi reflejo, nuestro reflejo. El bebé y yo".

"¡La mayor parte de ti había desaparecido!" grita Moni. "¡SE HABÍA IDO!"

Me río, intentando fingir que ella no había visto lo que había visto. Intentando hacerla sentir que estaba loca.  En vez de a mí. Yo había estado allí. Había visto otro mundo. Cruzo la habitación, alejándome del espejo, doy media vuelta y camino hacia el espejo. Cierro el puño y lo pongo contra el cristal, esperando que no pase nada y no pasó.

Moni me sigue y hace lo mismo. Entonces, nos ponemos cara a cara y estallamos en carcajadas. Debíamos de parecer locas. Locas. Ridículos.

El bebé da patadas.

Al poco rato, estamos abajo. Moni dice que mi madre ha tenido que irse y que por eso ha venido.

"No necesito niñera".

"Han pasado seis meses", dice Moni, "desde que murió Darryl, y todos estamos preocupados por ti y por el bebé".

"El bebé y yo estamos bien", digo. "Todavía le echamos de menos todos los días, pero cada vez es más fácil". Era mentira.

"Ya sé lo que deberíamos hacer mañana", dice Moni. "Vayamos a la playa".

Suena divertido y acepto. Aunque no tengo pensado ponerme bañador.

***

Llegamos a la playa con una cesta de picnic llena de comida y todo tipo de golosinas. Nos quitamos los zapatos y dejamos que la arena se nos meta entre los dedos de los pies, aunque no hace nada de calor.

"A Darryl y a mí nos encantaba venir aquí en verano".

"Él está con nosotros aquí ahora y siempre", dice Moni.

Moni tiene razón, pero eso no impide que le eche de menos. Quiero algo más que sus recuerdos. Lo quiero aquí, con sus brazos a mi alrededor.

"Echo de menos sus brazos, que me abrace, su aliento. Echo de menos todo de él cada día".

Moni me pasa el brazo por el hombro.

"Lo más duro es", continúo, "que Darryl nunca conocerá a nuestro bebé y nuestro bebé nunca conocerá a Darryl".

"No sabes lo que te depara el futuro", dice Moni.

Sé a dónde quiere llegar. Me está sugiriendo que conozca a otra persona. No merece la pena pensarlo. Llevo el bebé de Darryl, por el amor de Dios.

"No quiero a nadie más. Nadie podría sustituir a Darryl ni a lo que teníamos juntos. Además, tengo el corazón demasiado roto. Nunca amaré a nadie más. Mi corazón pertenece a Darryl y sólo a Darryl".

"No digas eso. No sabes lo que puede depararte el futuro. El amor puede suceder más de una vez. Mira a mi madre. Papá murió, ella se casó con mi padrastro y encontró el amor por segunda vez. No es lo mismo. Nunca puede ser lo mismo que el primer amor, pero puede seguir siendo amor. Puede ser suficiente. Tienes que estar abierta a ello. Ellos son felices y tú también podrías serlo con el tiempo -dice Moni.

Entonces rompo a correr, todo lo que puede correr una embarazada de ocho meses, y me meto en el agua. La temperatura es fría pero refrescante, y me gusta sentir el frescor en la piel.

Moni se mete a mi lado.

"A este bebé le encanta el agua".

Moni me pone la mano en el vientre y el bebé da patadas. "Sí que le gusta", dice.

Nos metemos en el agua hasta las rodillas y dejamos que las olas nos bañen. Al bebé le encanta y da unas cuantas volteretas.

"¿Me lo vas a contar?", pregunta Moni. pregunta Moni.

"No sé a qué te refieres", le digo.

"Me refiero a lo del espejo, ¿a qué estabas haciendo? ¿Estabas viajando? ¿Saltando por el mundo?"

Lo pienso y decido que tiene razón. Quiero decir que, a través del espejo, mi bebé y yo habíamos viajado a otro lugar. A otra dimensión. La música de La dimensión desconocida resuena en mi cabeza.

"¿Y tú qué sabes de eso?". pregunto.

"Veo películas, leo libros. Incluso viajo en Alicia en el País de las Maravillas Cuando entré, la mayor parte de ti había desaparecido y era obvio que estaba en el espejo. Estabas en el espejo. Entonces, ¿qué viste? ¿O viste algo?".

"No estoy segura de querer hablar de ello", digo porque es un secreto. Por ahora quiero guardármelo cerca del pecho. Siento que si lo admito en voz alta, podría desaparecer. Sabía que parecía una tontería, pero todo había sido tan extraño y sólo me había ocurrido una vez. Dos veces para el bebé, pero una vez para mí. Quiero estar allí y volver a hacerlo antes de hablar de ello con nadie más.

"Prométeme una cosa", dice Moni mientras vemos ponerse el sol en el camino de vuelta a casa. "Prométeme que no irás sola. Es decir, sin alguien de este lado que te tire hacia atrás".

Asiento con una especie de promesa, pero no estoy segura de tener intención de cumplirla.

"Me gustaría quedarme en tu casa esta noche, para hacerte compañía", dice Moni.

Le digo que me parece bien, porque estoy demasiado cansada para hacer algo más que dormir, agotada por el aire fresco del mar. Mi bebé ni siquiera se mueve dentro de mí.

Me pongo el pijama y me duermo enseguida. Sueño con Darryl, buscándole, mirando arriba y abajo y a todas partes. Camino y camino y mis pies se ampollan y sangran, pero sigo sin encontrar a Darryl. De vez en cuando, me cruzo con alguien o con algo parecido a un espantapájaros en un campo. Le pregunto si ha visto a Darryl y, como en El Mago de Oz, señala en todas direcciones. Es una gran ayuda.

También le pregunto a una mujer rara y barbuda que trabaja en un circo si ha visto a Darryl. Se ríe y se ríe y se ríe.

No está en ninguna parte, así que me despierto y enciendo el portátil. Me paso la tarde mirando fotografías nuestras. De nuestra vida.

Cuando estábamos juntos, se veía amor a nuestro alrededor. Sé que suena a tópico estúpido, pero estaba ahí, sobre todo cuando Darryl me miraba o cuando yo le miraba a él. Nos queríamos con un amor que nunca volvería a existir en un mundo en el que estuviéramos separados.

Mientras busco sola en el pasado, siento que él, el bebé y yo estamos juntos mirando las fotografías. El bebé está en mi regazo.

Darryl está detrás de mí, mirándome por encima del hombro mientras paso de una página a otra.

El sol está saliendo y trae un nuevo día cuando termino.

Agotada, vuelvo a la cama.

***

"Cath ¡Cath! CATH!"

¿Qué? Basta ya. Quiero seguir soñando.

"¡¡¡CATH!!!"

Me doy cuenta de que estoy oyendo la voz de Darryl. ¿Qué? Me sacudo para despertarme. Escucho y vuelvo a oírla.

"Cath".

"¿Darryl?"

Echo hacia atrás las mantas y abro la puerta del dormitorio. Ahora que he contestado, susurra mi nombre una y otra vez.

Me encuentro en la habitación del bebé, donde me quedo quieta y escucho. Me estremezco como si una brisa me hubiera atravesado. Entonces cojo la manta de la cuna y me la envuelvo alrededor de los hombros. El bebé está callado, como si aún no se hubiera despertado.

"Cath".

Miro hacia la ventana. El viento la hace chasquear y luego la empuja para abrirla. El fresco otoño me rodea con sus brazos, abrazándome y empujándome al mismo tiempo.

"Cath".

Me giro hacia el lugar de donde procede la voz. Del espejo. Mi bebé se despierta y me da una fuerte patada. Me pongo firme y camino hacia el espejo. El marco de madera de las manos se mueve, se retuerce, se desplaza. El cristal dentro del marco brilla y tiembla. Es como si una nube hubiera entrado en el cuarto de los niños y estuviera atravesando el cristal. Me acerco. Levanto la mano y apoyo la palma contra la superficie.

*ESPEJO ME REFLEJAS

CON REDUNDANCIA.

Un poema que leí en el instituto invade mis pensamientos. Aparece en mi cabeza mientras mi mano atraviesa la superficie y desaparece dentro del cristal.

Más allá, sigue salvando la distancia. Ahí está. Otra mano presionando la mía. La mano de Darryl. ¿La mano de Darryl?

Sí. Confirmado cuando la nube del espejo se despeja. Nos tocamos palma con palma.

Asustada, doy un paso atrás y retiro también la mano. El bebé patalea y toco mi palma contra él. La nube retrocede mientras consuelo al bebé y Darryl desaparece.

Quiero romperla.

Quiero estar en ella.

¿Lo había imaginado todo? ¿Estaba loca?

Estoy loca.

"Cath. Vuelve. Por favor".

Acaricio a nuestro bebé con una mano y entonces una mano pasa por encima, a nuestro lado y me coge la mano. Es la mano de Darryl. Está aquí, consolando a nuestro bebé. De alguna manera. De algún modo. Mi amor.

"Darryl".

Su otra mano, la que tiene el anillo de casado, atraviesa el espejo hacia nuestro lado. Caemos en él, en su abrazo, en el espejo.

"Oh Cath".

Sus manos me hacen estremecer cuando las pasa por el bebé. El bebé se vuelve hacia él y estamos a medio camino dentro y fuera.

"Es precioso", dice Darryl. "Como su madre".

"No sabemos si es él o ella", digo, mirándole a los ojos azules.

"Es un él, sin duda", dice Darryl. "Es fuerte y sano".

En respuesta a la voz de su padre, el bebé da patadas y se revuelca.

"No te muevas", digo mientras me encajo más en el espejo. El bebé está casi atravesado, pero yo no atravieso el cristal. Siempre puedo echarme hacia atrás si lo necesito. No sé por qué estoy preocupada. Después de todo, es Darryl. Cómo le he echado de menos. Aun así, una parte de mí permanece anclada al otro lado.

"Darryl, éste es tu hijo. Hijo, éste es tu padre", digo mientras las lágrimas caen por mis mejillas como cascadas. No pequeñas lágrimas de mujer menuda, sino grandes y deliciosas lágrimas de lluvia. Sollozo.

Darryl me besa en los labios. Sabe a otoño, pero cálido y fresco al mismo tiempo. Luego se inclina y besa a nuestro bebé.

"Hijo, tienes que cuidar de tu madre por mí, vale. Estoy muy orgulloso de ti y de lo que serás algún día. Os quiero. Os quiero a los dos".

Nos empujo, nos hago avanzar un poco más. Me planteo llegar hasta el final, pero algo, un sentimiento me retiene. Quiero estar allí. Quiero atravesar y estar con Darryl dondequiera que esté. Quiero que estemos los tres juntos, para siempre. Decidida, intento empujar y empujar. Quiero que lleguemos hasta el final.

"No lo hagas", suplica Darryl. "Ni siquiera lo intentes. Ahora lo tenemos. Disfrutémoslo mientras podamos. Es implacable".

"Te quiero a ti. Quiero que estemos los tres juntos. Siempre".

"Sólo tenemos lo que nos da", dice Darryl. "El tiempo es un amigo o enemigo voluble. Nunca sabemos lo que vendrá y lo que se irá".

"Eres un poeta y ni siquiera lo sabía", digo con una risita.

Sopla una fuerte brisa y Darryl da un paso atrás. Se aleja.

"Vete ya", me insta.

"¡No! ¿Adónde vas, Darryl?". grito. "Vuelve. Por favor, no me dejes. No vuelvas a dejarnos".

"Intentaré volver, veros de nuevo en cuanto pueda. Si puedo. Vete ya. De alguna manera. Recuérdame siempre. Te apreciaré siempre. Cree en mí y entonces puede que intente que nos encontremos una vez más".

El viento sopla en una enorme nube. Nos impide ver a Darryl. Antes la nube era blanca e hinchada, pero ahora es negra y está llena de ira.

Tiro de nosotros hacia atrás.

Al hacerlo, se me doblan las rodillas.

Me tiro al suelo y sollozo.

Siento como si hubiera vuelto a perder a Darryl.

Pero esta vez lloro por dos. Lloro por dos.

***

"Cath, ¿estás bien?"

Me despierto y recuerdo, pero sólo es mi madre. Intenta levantarme del suelo, pero peso demasiado.

"He llamado a una ambulancia", dice mientras intento levantarme y no puedo.

"Quiero irme a la cama", digo luchando contra otro festival de llanto.

Llega la ambulancia y suben corriendo las escaleras. Comprueban mis constantes vitales y las del bebé y, una vez confirman que estamos bien, me ayudan a acostarme.

Mamá está pendiente y para que se sienta mejor le digo: "Él está bien y yo también".

Se para en seco. "No sabía que ya habías pedido saber el sexo del bebé".

"No lo hice", le digo, "es una sensación que tengo, de que es un él".

La mentira parece surtir efecto. Finjo estar más cansada de lo que realmente estoy. El bebé también parece dormido. Después de darme un beso en la frente, mamá sale y cierra la puerta tras de sí.

Permanezco despierta durante horas, pensando en Darryl y preguntándome cuándo podremos vernos, tocarnos de nuevo.

***

Cada día, después de nuestra visita a Darryl, quiero volver.

Escribo exactamente lo que ocurre. Llevar un registro tiene sentido. Es la única forma de garantizar que mi cerebro de embarazada mantenga intactos mis recuerdos. Escribirlo todo, obsesionarme con ello, nos ha permitido vivir el mismo día una y otra vez. Es como nuestra propia versión de la película El Día de la Marmota, sólo que esta vez yo soy Bill Murray.

Darryl había dicho que era "implacable". ¿Se refería al tiempo?

Le pregunto a Moni qué opina. A ella también le parece bastante extraño.

Empezamos a trabajar juntos, a investigar sucesos sobrenaturales. Nuestro objetivo son los sucesos relacionados con viajes dentro de espejos en línea.

Encontramos artículos intrigantes sobre universos paralelos. Algunos se refieren a los espejos como puntos de entrada. La investigación habla de cosas como realidades virtuales y escisiones dimensionales. También se habla de puertas dimensionales y de ocultismo. Sin embargo, aparte de las novelas de ficción, no encontramos ninguna prueba real, aunque sí algunas afirmaciones.

Encontramos algunas listas de cosas que nunca debes hacer con los espejos, como

Nunca te mires en un espejo a la luz de una vela, puede mostrarte una versión muy embrujada de tu casa.

Si te miras en un espejo entre dos velas altas y blancas, podrías ver el espíritu de un ser querido que ha fallecido. Su alma puede estar clavada en tu espejo.

Aquello hizo que se me saliera el corazón por la boca.

¿Estaba el alma de Darryl atascada allí? No parecía un lugar malo ni aterrador, pero él había mencionado lo de no perdonar.

Me estremezco y paso al siguiente punto.

Cubre siempre un espejo embrujado durante una tormenta. Los relámpagos liberarán a los fantasmas.

Le digo a Moni que cuando entré por primera vez en la habitación, el espejo estaba parcialmente cubierto. Me abrazo a mí misma y vuelvo a temblar.

"En primer lugar -dice Moni-, lo más probable es que tu madre lo pusiera ahí para que no se cayera al suelo. No es nada. Una coincidencia". Me mira. "¿Seguro que quieres seguir con esto?".

Asiento con la cabeza y leo la siguiente.

Es de mal agüero recibir como regalo un espejo de la casa de un difunto.

"¡Dios mío!" Grito y me meto el puño en la boca. No quiero asustar al bebé, pero el espejo ha estado en nuestra familia después de una muerte durante siglos. No como un regalo con un lazo, sino como un regalo y una reliquia familiar.

No estoy segura de quién tenía el espejo antes de que llegara a nuestra familia. Tengo que averiguar más cosas sobre él.

Se lo explico a Moni, que se estremece un poco antes de leer lo siguiente.

Si alguien ve su reflejo en un espejo en una habitación donde alguien ha muerto recientemente, morirá pronto.

"Uf, estamos bien en la uno", dice y luego me mira para que se lo confirme, lo que hago con un gesto de asentimiento.

Leo la siguiente.

Si un fantasma deambula por tu casa durante la noche, un espejo puede captarlo.

Eso es espeluznante. Ninguno de los dos dice nada al respecto.

El bebé se mueve.

Sigo leyendo el artículo. Hay pruebas científicas. Menciona los espejos cuánticos y los espejos multiversales como puertas de acceso a otros mundos.

"Necesitamos saber más. Necesito saber más sobre este espejo y sobre cómo llegó a mi familia. ¿Dónde empezó? ¿Quién nos lo dio y cuándo?" digo con un temblor.

"¿Cómo vamos a hacerlo?" pregunta Moni, y ambos nos sentamos a contemplarlo, solos pero juntos, durante un buen rato.

Los días y las semanas avanzan. Moni y yo seguimos buscando siempre que tenemos tiempo.

Rastreamos el concepto de viajar a través de espejos. Se remonta a las civilizaciones antiguas.

Examinamos nuestro espejo de arriba abajo, con la esperanza de encontrar una marca del fabricante. No hay suerte.

Como el bebé nacerá dentro de una semana, más o menos,oni y yo nos sentamos juntas en la cocina. Por la forma en que empieza y se detiene, me doy cuenta de que tiene algo importante en mente.

"Te parecerá una locura".

"Dime", le digo.

El bebé da patadas. Le acaricio el pie.

"Te lo advierto", dice Moni. "Está ahí fuera".

"Sigue".

"Vale, allá va. He encontrado en Internet a una mujer que es vidente y médium. Tiene una reputación excepcional, incluso excelente. Obtiene resultados en los casos en los que decide involucrarse".

Me inclino más hacia ella.

"La tía María hace lecturas de cartas como pasatiempo. Leyó sobre la mujer de la que estoy hablando. Sólo encontró cosas buenas sobre ella".

"¿Una vidente?" le digo. No entiendo el galimatías de los médiums. Aunque conozco a ese tipo que salía en la televisión, alguien llamado John Edwards. Digo su nombre en voz alta.

"Sí", dice Moni.

"¿Quieres decir que la vidente se pondrá en contacto con Darryl?".

Moni asiente.

"Pero pude contactar con él por mí misma. No sé qué podría hacer ella para ayudarnos, pues ya hemos estado allí por nuestra cuenta".

"Deberíamos intentarlo. La necesitamos. No por Darryl, sino por el espejo", dice Moni. "Si es un espejo viajero. Dices que lo es porque has viajado en él. Necesitamos saber más sobre él. Ella podría probarlo. Los psíquicos hacen pruebas, quiero decir".

"Ah", digo, y ahora estoy más interesada que antes. Me inclino un poco más hacia ella.

"Le expliqué un poco lo que había pasado sin entrar en demasiados detalles. Se llama Anna August y está claro que quiere conocerte y ver la habitación y el espejo. A mí también me gustaría estar aquí, como apoyo moral. Eso si quieres que esté".

"Tienes que estar aquí conmigo", digo, y el bebé patalea para registrar su voto. Me acerco al refrigerador de agua y me sirvo un vaso de líquido frío. "¿Cuánto pide por una visita?" digo tras unos sorbos.

"Quinientos".

Me siento y me aprieto el vaso frío contra la frente.

"Sé que es mucho pedir", continúa Moni, "y me gustaría ofrecérselo como regalo".

"Eres muy amable", le digo. "Pero si tú y yo lo hiciéramos al cincuenta por ciento, siendo la mitad un regalo tuyo, sería maravilloso. ¿Cómo lo cobra? Quiero decir, ¿por adelantado?".

Moni me explica cómo funcionaría. Tenemos que enviar inmediatamente un depósito del diez por ciento como señal de buena fe. Anna nos enviaría un recibo, concertaría una fecha y hora para hacer una visita en persona. En la fecha acordada, el saldo restante se pagaría a la llegada.

"¿A la llegada?" le digo. Parece un poco descarado pedir dinero por adelantado de esa manera, pero, de nuevo, ¿quién conocía el protocolo de los videntes?

Moni coge un vaso de zumo de naranja de la nevera y da un largo trago. "Según su página web, la entrega es al entrar en casa de su cliente, que serías tú".

"Ah, ¿entonces no promete nada a cambio?".

"Eh, no", confirma Moni. "Pero tengo la sensación de que ésta es la norma en el mundo psíquico. Cuando acepta encargarse de tu caso, se compromete totalmente. Quiere asegurarse de que sus clientes también lo estén. Ella elige a quién quiere ayudar. Diciendo a sus nuevos clientes que quiere un anticipo y el resto por adelantado, podrá eliminar a los chiflados".

Me río, preguntándome si pensaría que soy una chiflada aunque pague por adelantado. "¿Es Anna de aquí?

"No, es de fuera, pero sabía dónde vivías. Quiero decir, antes de que le dijera tu dirección. Me dijo que llevaba unos meses sintiendo una extraña perturbación en la zona. De hecho, había sido tan fuerte que se planteó investigarlo ella misma".

Esto suena interesante y descabellado al mismo tiempo. "¿Quieres decir que tuvo una premonición?

"Eso es lo que yo también me preguntaba, pero ella dijo que no. Aunque a menudo las tiene. En este caso, sintió una perturbación psíquica. Algo se precipitó sobre ella. Se le pusieron los pelos de punta. Ese tipo de cosas".

Ver una película de miedo hace que me pase eso, pero no lo digo. En lugar de eso, acepto enviar el anticipo y pagarle el importe total a su llegada. "Tenemos que averiguar más cosas, y no tenemos muchas opciones".

"Hay muchas otras opciones", dice Moni, "pero Anna tiene crédito en la calle.  Lo haré lo antes posible".

***

El tres de mayo, a las tres de la tarde, la reputada vidente y médium Anna August llega a mi casa. Moni y yo nos escondemos detrás de las cortinas. Observamos cómo sale de su vehículo a la entrada de mi casa. Las dos tenemos mucha curiosidad y queremos comprobarlo antes de conocerla en persona.

Desde hace un par de semanas, nos hemos obsesionado con Anna. Al mismo tiempo, yo me he obsesionado con el espejo desde que Anna me dijo que me mantuviera alejado de él. No había hablado con ella, pero insistió en que Moni me transmitiera el mensaje urgente.

El mensaje era que si volvía a entrar, ella lo sabría. Nuestro acuerdo se cancelaría. También que, a pesar de todo, me exigiría el pago completo.

Sería dinero fácil para ella si yo ignoraba la advertencia. Cobraría sin ni siquiera haber cruzado mi umbral. Sus palabras me asustaron lo suficiente como para cerrar la puerta del cuarto de los niños. Por si acaso.

Anna tiene unos sesenta años y es una mujer atractiva. No es guapa, es guapa. No es un insulto. Es lo que nos parece a los dos. Es muy alta, roza los dos metros, y lleva el pelo recogido en un moño. Eso aumenta aún más su estatura.

Lleva un abrigo de cuello alto, rojo sangre, con botones negros en forma de corazón. En los pies, gruesas cuñas negras. En la cara, un ligero toque de rímel, labios rojos y nada más. El pelo negro oscuro detrás de la oreja izquierda dejaba ver un pendiente negro en forma de corazón. Combinaba a la perfección con los botones de su abrigo.

Anna camina hacia la puerta principal con una poderosa sensación de determinación y propósito. Se tambalea un poco sobre sus cuñas y nos reímos. Cuando nos ve, nos guiña un ojo y se persigna. Vacila y luego hace la señal de la cruz sobre mi casa.

Estábamos tan distraídas y asombradas por todo lo que había hecho Anna que no nos dimos cuenta de que un hombre la seguía.

Mide casi metro y medio y tiene el pelo y la barba negros. Lleva un abrigo negro, una gorra negra le cubre los ojos, pantalones y zapatos negros. Avanza como una nube oscura y solitaria. Nos damos cuenta de que su encorvamiento se debe a lo que lleva a la espalda: un pequeño baúl negro. Aunque es pequeño, su peso es suficiente para que se encorve.

Anna golpea la aldaba de la puerta y nos apresuramos a salir a su encuentro.

***

Anna entra como el viento y la nube oscura no se queda atrás. Me tiende primero la mano y me coge la otra. Me mira a los ojos y yo a los suyos, que tienen un extraño tono verde con pequeñas motas rojas en la pupila.

"Estoy encantada de conocerte por fin", dice, extendiendo la mano y deteniéndose antes de tocar al bebé. Asiento con la cabeza para indicarle que puede hacerlo y ella coloca la mano abierta sobre el bebé. Espero que patalee para reconocer su presencia, pero no lo hace.

"Debe de estar durmiendo", le digo. Por alguna extraña razón, el hecho de que no se presente con una patada me hace sentir como si fuéramos maleducados.

Anna se echa el abrigo hacia atrás. Se vuelve hacia Moni y la saluda. Nos presenta a su marido, que está de pie al fondo estirando la espalda. Se llama Ballard.

Me acerco a él y nos damos la mano. Necesita ayuda para quitarse el pecho de la espalda, así que le ayudo. Después, se levanta recto y erguido. Después de todo, no es tan bajo. Es bajo para ser un hombre y Anna, con sus cuñas, se eleva por encima de él.

"Ocupémonos de los detalles aburridos", sugiere Ballard.

"Sí", dice Anna.

"Se refiere al dinero", susurra Moni.

Recojo mi bolso de la mesa auxiliar. Contiene la cantidad completa, que entrego a Anna, que a su vez se la da a Ballard.

"Gracias", dice Anna.

Ballard saca el dinero y lo hojea. Se asegura de que está todo, y se lo mete en el bolsillo del abrigo.

Anna dice: "Ahora me gustaría ver la habitación".

Los tres, Moni, Anna y yo (o cuatro si incluyo al bebé) nos dirigimos hacia la habitación del bebé. Miro hacia atrás y veo a Ballard buscando en el bolsillo una llave que introduce en la cerradura y abre el maletero.

Siento curiosidad por la llave, pero más curiosidad siento por su contenido. Ballard continúa. Vuelvo a centrar mi atención en este asunto.

"A su debido tiempo", dice Anna mientras nos hace avanzar. Me ve mirar a Ballard con curiosidad. Parece que no se le escapa nada.

Antes de llegar a la guardería, Anna se detiene de repente. Casi tropiezo con ella, ya que ahora estoy en la cola del grupo, con Moni a la cabeza.

La respiración de Anna cambia. Jadea y sus mejillas se ruborizan. Se agarra a la pared de la derecha y a la de la izquierda con los puños cerrados y se queda inmóvil. Sus puños se abren como rosas en flor.

Pone las manos abiertas y planas sobre la superficie de las paredes de ambos lados.

Echa la cabeza hacia atrás y abre mucho los ojos, mirando al techo. Todo su cuerpo empieza a temblar y a convulsionarse como si tuviera un ataque epiléptico.

***

Entonces, algo recorre su cuerpo. Sea lo que sea, veo cómo se abre paso a través de ella. Miro a Moni, cuyos ojos casi se le salen del cráneo. Paso el brazo por encima del hombro de Anna y cojo la mano de Moni entre las mías. Nos quedamos quietas, sin saber qué hacer. Anna sigue vibrando y retorciéndose.

Ballard está allí entonces, colocando algo contra la frente respingona de Anna. Es plateado.

Lo veo destellar en la luz, pero no puedo distinguir lo que es. Primero un borrón, luego un resplandor. Pronto los brazos y la cabeza de Anna caen. Luego, vuelve a estar entre nosotros.

"Lo siento, mi amor", dice Ballard. "No esperaba...". Se detiene y nos mira a Moni y a mí, que seguimos juntas, cogidas de la mano.

"Yo tampoco", dice Anna mientras respira hondo y suelta el aire varias veces para calmarse. "Ese algo o alguien era muy poderoso. ¿Puedo tomar un vaso de oporto antes de continuar?".

Empiezo a decir que no tengo Oporto en casa. Ballard, que venía preparado, saca una petaca del interior de su chaqueta. Abre el tapón y se lo da a Ana.

Le tiemblan las manos cuando intenta beber un sorbo. Ballard la ayuda.

Anna se limpia la boca con la mano. Aún puedo ver cómo le tiemblan los dedos cuando le devuelve la petaca. Ballard me ofrece un sorbo. Lo rechazo debido al bebé. Moni también lo rechaza, pero agradece a Ballard el ofrecimiento.

Anna rompe el silencio. "Y ahora, continuemos".

***

Antes de llegar a la puerta de la habitación del bebé, se cierra de golpe. La fuerza es tan grande que creo que podría romper las bisagras. Me abro paso a empujones entre el séquito, aprovechando la corpulencia de mi hijo para abrirme paso.

Cuando llego a la puerta, busco la llave en el bolsillo. Una vez abierta, intento girar el picaporte. Digo intento por dos razones.

Una, no se mueve, y dos, está al rojo vivo, tanto que grito cuando mi piel se funde con ella. Es como si el mango metálico se soldara a mí y mi piel chisporroteara y oliera como si me estuvieran haciendo una barbacoa.

Mi carne abrasada huele casi a bacalao mientras sigo intentando separarme del mango. Los segundos siguientes parecen como si el tiempo se hubiera suspendido, y concentro mi mente en la propia empuñadura en vez de en el dolor. Con un solo movimiento, me separo. El asa se mueve. Por un segundo, creo que va a girar y abrirse, pero no lo hace.

Miro a la izquierda, donde está Moni, con la mirada fija, preguntándose qué hacer, pero sin hacer nada. Miro a Ballard, que está mirando a Anna, que tiene los ojos cerrados y murmura palabras.

Observo y escucho sus murmullos, dándome cuenta de que está haciendo un conjuro o un hechizo. Al menos, eso es lo que parecía basándome en los programas de televisión ficticios que había visto en los que aparecían brujas.

¿Los psíquicos realizan conjuros o hechizos? No estaba segura, pero fuera lo que fuera lo que estaba planeando, esperaba que funcionara.

Mientras ese pensamiento cruzaba mi mente, el calor de la manilla de la puerta aumentó de un nueve a un diez y grité de dolor. Ballard se precipita hacia mí con el frasco de brandy en la mano y me salpica la mano con el contenido. Humea y escupe y huele como un pudin de Navidad apagado.

Funciona, y mi mano se desprende del picaporte. Ballard me aleja de la puerta. Me quedo quieta mientras Moni le entrega a Ballard el botiquín que ha recuperado del cuarto de baño. Me envuelve la mano en una gasa después de rociarla con un líquido para aliviar quemaduras. Me enfría la temperatura de la piel. Cuando me envuelve en la gasa, el dolor es mínimo.

Cuando volvemos al pasillo, Anna no está por ninguna parte, pero la puerta de la guardería está abierta de par en par.

Esta vez, Ballard va delante y Moni y yo le seguimos de cerca. Ballard mantiene el brazo derecho extendido delante de él, como si anticipara la llegada de lo invisible y desconocido. Si tuviera una cruz en la mano, no estaría fuera de lugar. He visto demasiada televisión para mi propio bien.

Una vez dentro de la guardería, Ballard susurra: "Anna". Se para en la puerta, impidiéndonos a Moni y a mí entrar en la habitación.

No responde.

Ballard entra hasta el fondo, sin dejar de llamar a Anna, y nosotros entramos detrás de él.

La ventana está abierta de par en par, como el día en que entré en el espejo. Pero esta brisa es violenta. Mueve las cortinas hacia delante. Se ondulan y flotan sobre el suelo de forma fantasmal.

Las cortinas voladoras guían mis ojos en dirección al espejo. Moni y Ballard hacen lo mismo, pero esta vez están detrás de mí mientras camino hacia el espejo. La manta, que antes cubría el espejo, ahora está arrugada en el suelo.

"¡Anna!" grito.

Ballard grita el nombre de su mujer.

Aunque no le conozco, el tono de su voz me pone la carne de gallina. Me giro y le miro, viendo puro miedo. Me parece absurdo que esté tan asustado. Ballard es su compañero en todos los sentidos. Juntos, sus vidas se centran en ayudar a la gente a conectar con sus seres queridos del otro lado. Son profesionales.

Me dirijo al espejo. Con un paso de gigante, camino todo mi cuerpo hacia él.

Lo último que oigo es a Moni gritando mi nombre.

***

Al otro lado hay una oscuridad total.

Esto es diferente a lo de antes. Da miedo.

Avanzo dos pasos. Algo cruje bajo mis pies. Me muevo un poco hacia un lado, esperando que lo que fuera no estuviera allí, pero lo está. Avanzo, piso algo más grande antes de tropezar un poco y detenerme.

Demasiado asustada para moverme, me doy cuenta de que este lugar era exactamente como esperaba que fuera el interior de un espejo. Lo que no esperaba es el olor. Es húmedo, como a hojas de otoño podridas, y frío. Me rodeo con los brazos.

No me muevo, esperando que mis ojos se adapten y se acostumbren a la oscuridad.

Pasan los segundos. Sigo sin dar un paso en ninguna dirección. A veces noto que me balanceo. Estar quieta con esta barriga tan grande no es tarea fácil. Siento que me voy a caer. Me acaricio la barriga e intento mantener la calma.

¿Dónde están los bosques, la playa y las montañas? ¿Dónde están el sol y la brisa otoñal? Aquí, el aire helado permanece inmóvil.

Me pregunto si ésta es una dimensión diferente.

¿Por qué este lugar me resulta tan desconocido cuando el otro parecía hogareño? He sido un tonto al entrar sin saber que Anna está aquí.

Oigo un crujido y luego la voz de Anna. "¿Cath?"

Mi cuerpo tiembla mientras respondo.

"Cath", dice, "tienes que salir de aquí".

Me acaricio la barriguita en un intento de normalidad.

"¿Sabes cuántos pasos has dado después de entrar?". pregunta Anna.

Le digo que no he dado muchos pasos, pero que tampoco los había contado.

Me pregunta si sería capaz de girarme, si supiera en qué dirección había venido, y le digo que creo que sí.

"Date la vuelta y ve en dirección al exterior", me indica Anna. "Yo seguiré el sonido de tus pasos. El sonido me guiará y saldremos juntos".

Pienso en Darryl cuando nos conocimos. Con estos pensamientos felices en el primer plano de mi mente, un recuerdo me empuja. Se trataba de algo que había leído o visto. Sobre demonios en la oscuridad que adoptan las voces de quienes conocemos, a veces incluso de quienes amamos. En él, los demonios fingen ser quienes no son.

Calmo la mente y alejo esos pensamientos, ganando fuerzas al pensar en Darryl y en el bebé. Me doy la vuelta, estirando los brazos para tantear el camino. El crujido me hace sentir pánico, pero sabía que no me había alejado demasiado. Avanzo como un zombi ciego y no siento nada.

Doy dos pasos más hacia la izquierda, aún moviéndome en la misma dirección que antes, y vuelvo a extender los brazos hacia delante. Sigo sin tocar nada. Dos pasos más.

Ahí está. Lo siento y doy un paso adelante. Ballard y Moni tiran de mí el resto del camino.

Anna me agarra de la cola de la camisa y también pasa.

Estamos a salvo.

Hemos vuelto.

***

Lloro mientras Moni me ayuda a cruzar la habitación. Me siento en la silla deslizante como si llevara el peso del mundo sobre los hombros. Me acaricio el vientre y tarareo Frere Jacques para tranquilizar mi corazón y mi mente. Mi bebé no responde con una patada, pero no está peor.

Moni me trae una taza de té caliente. Me tiemblan demasiado las manos para sostenerla. Me la acerca a los labios y bebo un sorbo.

En un rincón, fuera del alcance del oído, Anna susurra a Ballard mientras bebe un trago de la petaca. Está temblando y Ballard me mira de vez en cuando y luego vuelve a mirar a su mujer. Yo la había rescatado, la había traído de vuelta. Me pregunto de qué estarán hablando, pero estoy demasiado cansada para seguir su conversación.

"¿Cuánto tiempo? le pregunto a Moni.

"Ocho horas".

"¡No pueden haber sido ocho horas!".

"Fuera está oscuro. ¿Lo ves?" Descorre las cortinas, mostrando la oscuridad exterior en lugar de la luz del día. Se inclina y pregunta: "¿Cómo estaba Darryl?".

Mi hijo me da una patada tan grande que me deja sin aliento. Le acaricio el pie a través de mi piel. "Tranquilízate, hijo".

Moni espera a que el bebé se calme antes de preguntar: "Si Darryl no estaba, ¿por qué has estado fuera tanto tiempo?".

"No lo sé", digo, mirando en dirección a Anna y esperando que me ofrezca alguna respuesta. Al fin y al cabo, es la única experta en la sala.

Anna da otro trago a la petaca. En cuanto ve que la miro fijamente, cruza la habitación a trompicones. "¿Estás bien?

Anna se coloca a mi izquierda, Moni delante de mí y Ballard a mi derecha, como si yo fuera el centro de un semicírculo. Tiemblo. Moni me echa una manta sobre los hombros.

Anna dice: "El espejo tiene muchas caras. Esa", señala hacia ella, "debería destruirse".

"¿Pero por qué?" pregunto castañeteando los dientes. "Lleva décadas en mi familia y me trajo a Darryl".

"Te sugiero que lo envíes lejos si no puedes destruirlo. Volverá a llamarte y te tentará a entrar si está en tu casa. La próxima vez puede que no tengas tanta suerte. La próxima vez, podrías quedarte atrapado allí para siempre".

"Escucha a mi mujer", dice Ballard. "Sabe de lo que habla y lo único que quiere es evitar que os hagan daño a ti y a tu hijo".

"Podría habernos hecho daño, pero no lo hizo", digo. "Estaba oscuro y era húmedo, pero he estado en sitios peores, mucho peores".

Anna vacila, da unos pasos y luego dice: "El crujido. ¿Qué creías que era?

Ballard se acerca a su mujer y le susurra al oído. Se vuelve de nuevo hacia mí.

"Hojas", respondo. "Hojas muertas".

Los ojos de Anna se iluminan al mirar a su marido. "Era el sonido de huesos que se rompían. Los huesos de otros que nunca volvieron".

Jadeo e intento no gritar. Pienso en el sonido que había oído y me pregunto si se lo estará inventando para asustarme. Si hubiera pisado huesos, ¿cómo habría sonado? ¿Cómo se sentirían bajo mis pies? Sonarían exactamente igual que los del interior del espejo.

"Ahora, salgamos de aquí", dice Anna. "Ya hemos hecho todo lo que podíamos. Ya no podemos estar aquí. Recuerda mis palabras: si no destruyes esa cosa, caerá sobre tu cabeza".

Mientras se alejan de mí, grito: "¿Por qué no me has esperado? ¿Por qué habéis entrado en el espejo sin mí? Antes, Darryl, mi marido, estaba allí. Todo era seguro y bueno. ¿Por qué no esperasteis?". Me levanto y las sigo, esperando una respuesta, una explicación.

Anna sigue caminando.

Ballard se detiene, piensa en decir algo. Cambia de opinión: "Ven, amor mío. Esta mujer no aprecia tu sacrificio ni tus consejos".

"¿Su sacrificio? ¡Yo entré ahí y la saqué! Yo la salvé".

"Cálmate", dice Moni. "No es bueno para el bebé".

"Fuera de mi casa", grito.

Después de que Ballard se abroche el baúl a la espalda, él y su mujer salen de mi casa.

Permanezco de pie con los puños cerrados mientras el agua me resbala por las piernas. Me invade el mareo y caigo al suelo.

***

Después de todo, no es agua. Es sangre.

Lo supe después de que la ambulancia llegara gritando a mi casa y los paramédicos me examinaran. Mis constantes vitales están bien, pero insisten en que vayamos al hospital.

Descansando, atada a máquinas y monitores, me siento agradecida de que mi hijo y yo estemos bien. Nada más y nada menos.

Moni llamó a mi madre, que llegó rápidamente. Se sentó conmigo, cogiéndome la mano, diciéndome que todo iba a salir bien. Ahora está profundamente dormida en una silla.

Mirándola dormir, me doy cuenta de que las madres son divinas. Confiamos en ellas para todo desde el momento de nuestra concepción. Cuando nos explican que todo va a ir bien, aunque sepamos que no pueden saberlo, seguimos creyéndolas. Si nos dijeran que el cielo es naranja, tendríamos que creerles. ¿Por qué iban a mentirnos? Nuestras madres son enfermeras, médicas, consejeras, maestras, filósofas y nuestras amigas. Las madres llevan muchos sombreros.

Palpo mi barriguita, pensando en mi propio potencial para desempeñar el papel de madre y única progenitora de mi hijo. Espero poder igualar la fuerza y el valor de mi madre. Si pudiera llegar al ochenta por ciento de lo que ella ha sido para mí, me sentiría en la luna.

Considero lo que me ha dicho el médico. La hemorragia no era nada grave. Era temporal y se había detenido. El bebé está bien y late fuerte. Aun así, la fecha del parto no está lejos y quieren que estemos aquí.

Me quedo dormida, pensando en Anna, decepcionada. Había estado tan preparada para que viniera y se ofreciera a ayudar. Le había pedido a Moni que se pusiera en contacto con ella para ver si podía rellenar algunos huecos. Quería saber qué le había ocurrido antes de entrar en el espejo. ¿Qué sabía? ¿Qué había visto?

También quería saber por qué había saltado al espejo antes de que ninguno de nosotros estuviera en la habitación.

Las lágrimas se derraman por mis mejillas en un llanto silencioso. Echo tanto de menos a Darryl. La vida sería muy distinta si él estuviera aquí. La vida es demasiado corta, demasiado preciosa para desperdiciar un solo momento.

Vuelvo a caerme contra la almohada y cierro los ojos.

***

Mis pies se levantan del suelo. Vuelo con mis alas de mariposa monarca hacia el aire libre. Me elevo más y más en el cielo mientras los aviones pasan a mi lado.  Los pasajeros me saludan por la ventanilla. Los pájaros se detienen. Uno se posa en mi hombro. Abre y cierra el pico cantando, como si intentara mantener una conversación conmigo. Se va volando, feliz de haber intentado comunicarse con su congénere del cielo.

Debajo de mí, me sigue un pequeño ser alado. Me acaricio la barriguita, pero veo que ya no está ahí. El ser alado de abajo es mi hijo. Sus alas son azules y negras. Está aprendiendo a volar. Se dirige hacia mí con dificultad.

"Madre", me llama.

Me quedo inmóvil esperando a que me alcance.

"Madre", vuelve a gritar.

Me empujo hacia abajo hasta que estamos uno al lado del otro. Le cojo de la mano.

Juntos, nos levantamos.

Echo la cabeza hacia atrás, aún con su mano entre las mías, y el cielo cambia de día a noche en una fracción de segundo. El aire pasa de cálido a frío, y el viento se levanta y nos empuja.

Mi hijo y yo nos aferramos, agarrándonos fuerte, batiendo nuestras alas en sincronía. Impotentes.

Se oye un trueno. Los relámpagos surcan el cielo detrás de nosotros, debajo de nosotros, cada vez más cerca.

Un impacto directo en mis alas. Una chispa se enciende en las suyas.

Volvemos en picado por donde vinimos.

***

Me despierto gritando. Demasiado para no despertar a mamá.

El sueño había sido tan real, tan vívido. Hizo que los monitores parpadearan y pitaran. El personal del hospital vino corriendo y tomaron el control.

"Sólo ha sido un sueño", les digo para tranquilizarlos. Aun así, siguen corriendo de un lado a otro.

Me quito el sueño de los ojos.

Algo le pasa a mamá. No han venido a por mí.

La ponen en una cama de hospital y la sacan rodando de la habitación. Las ruedas la alejan de mí.

"¿Qué está pasando?" grito. Intento levantarme, ir con ella, estar con ella. Tengo que alcanzar a la comitiva.

Pero estoy atado. Intento liberarme. No lo bastante rápido.

Una enfermera me clava una aguja en el brazo.

Lo último que recuerdo es haberle insultado.

***

Moni está a mi lado cuando me despierto. Era de día cuando me dormí. Ahora está oscuro. A través de la ventana, todo parece negro como la tinta y sin estrellas.

Mientras intento atar cabos, mi hijo me da una patada muy fuerte. Es casi como si me recordara que le ponga a él primero, como si yo necesitara que me lo recordaran. Primero fue ese sueño aterrador. Luego, mamá tenía problemas, estaba enferma o algo así.

Vuelvo a la realidad.

Moni me da un vaso de agua. Ella y yo somos amigas desde hace tanto tiempo que a veces parece que tuviéramos una conexión telepática. Moni es la mejor amiga del mundo. No sé qué haría sin ella.

"Gracias", digo mientras bebo un sorbo y siento cómo el agua fresca se abre paso hasta mi estómago muy vacío. No me extraña que mi bebé patalee como un loco. Necesito reponer fuerzas porque hoy no he comido. La comida del hospital no es nada del otro mundo. Le pregunto a Moni si le importaría salir a hurtadillas y comprarme algo de comida rápida para darme un capricho.

Con su lógica habitual, Moni me sugiere que llame a la enfermera. Pregunta si podrían hacer algo por mí para no interrumpir sus necesidades dietéticas para mí y el bebé. Parece un buen consejo, aunque yo habría asesinado a una hamburguesa con queso, patatas fritas y batido.

La enfermera es servicial y dice que me traerá algo especialmente hecho para mí lo antes posible. En lenguaje hospitalario, eso significaba que en cuanto llegara a lo más alto del orden jerárquico. La primera en llegar, la primera en ser atendida.

Me froto la barriga con una mano y bebo más agua para contener el hambre.

"Tenemos que hablar", dice Moni.

"Te escucho".

"En primer lugar, tu madre está bien. Tuvo un derrame cerebral, pero, por lo que sé, no fue grave. No conozco los detalles concretos porque no soy de la familia, pero tengo la impresión de que se recuperará totalmente".

Respiro aliviada y le recuerdo a Moni que es como la hermana que nunca tuve.

"Tengo una hermana", dice Moni, "pero tú eres mi hermana preferida".

"Te quiero", le digo.

"Yo también te quiero".

Nos quedamos en silencio un momento, y luego dice: "He hablado con Anna por ti. La visita a tu casa y al espejo les ha dejado totalmente alucinados. Esas dos no son novatas. Ella, quiero decir Anna, nunca se había sentido tan cerca del mal puro como cuando estuvo dentro de tu espejo".

Recuerdo la sensación de dicha cuando estaba con Darryl. La sensación de su tacto. Su conexión con su hijo. Lo que decía me parecía ridículo y lo digo.

"¿Qué quieres decir?"

"En primer lugar, yo también estaba allí. Sí, estaba muy oscuro. Era húmedo e incluso un poco apestoso, pero no sentí una presencia del mal en el aire. Si el mal acechaba en aquella oscuridad, podría haberse llevado a cualquiera de nosotros en cualquier momento. Estábamos a su merced. Entonces, ¿por qué no hizo nada?".

"Ella dice que el diablo sólo quiere las almas de los dañados. Las que han cometido el mal o han hecho malas acciones. Las únicas excepciones son los que acuden a él voluntariamente y son puros de corazón".

"Y Anna, ¿dónde encaja ella en ese escenario? le pregunto.

"Anna dice que si tú y el bebé en particular no hubierais estado allí, esa cosa se la habría llevado. Dice que le susurró que estaba perdida, que era suya antes de que tú entraras en el espejo. Cuando lo hiciste, una luz emanó del bebé. No era una luz brillante. Era tenue, pero suficiente para que ella supiera que estabas allí. Esa luz la condujo hasta ti y, en el último segundo posible, te agarró y la sacaste de allí. Sin el bebé, sin ti, habría estado perdida, su alma habría quedado eternamente atrapada allí dentro".

Sin pensarlo, acaricio el pie del bebé. Se vuelve dentro de mí.

Levanto la vista cuando entra en la habitación un desconocido con un portapapeles. Lleva el ceño tan fruncido como el Gran Cañón, pero está sonrojado y pálido al mismo tiempo.

"¿Eres Cath?", pregunta.

***

No lleva bata blanca y no es ni de la familia ni un amigo.

Asiento con la cabeza, confirmando que soy yo.

En respuesta, grita: "Traedlo".

Dos repartidores traen un objeto grande y cubierto.

Antes de que lo descubran, ya sé lo que es. El espejo. "¿Qué hace eso aquí? No os he pedido que lo traigáis".

"Firma aquí". El hombre le da un bolígrafo a Moni. Al principio ella se niega en redondo a firmar, pero el hombre levanta la voz. Amenaza con armar jaleo, así que ella firma, pero sólo después de que yo se lo diga.

"Ya pensaremos qué hacer con él cuando estos dos payasos -sin ánimo de ofender- se vayan".

Moni sonríe y yo también.

Los repartidores se retiran.

"¿Y ahora qué?" pregunta Moni alejándose del espejo todo lo que puede sin salir por la puerta.

Me siento segura donde estoy, en la cama, envuelta en las mantas. Desde aquí, puedo hacer todo lo posible por ignorar al elefante de la habitación. ¿Qué demonios hacía aquí y quién lo envió?

***

Suena el teléfono de Moni, y las dos nos sobresaltamos. Está ocupada empujando el espejo hacia un lado, cerca de la ventana.

"Ahora vuelvo", dice.

De camino a recibirme, un nuevo empleado ve el espejo y lo destapa. "Qué espejo más bonito", dice. "El marco y la madera en particular son absolutamente impresionantes". Pasa los dedos por las manos grabadas y unidas y dice: "Es japonés, ¿verdad?".

"No lo sé, pero pertenece a mi familia desde hace décadas".

El asistente coloca el espejo de modo que quede visible en mi vista periférica. Una parte está orientada hacia mí y otra hacia la ventana.

Mira la parte de atrás. "He visto algo así antes. Si alguna vez quieres venderlo, llama aquí y pregunta por mí o deja un mensaje.

Me llamo Daniel Chung". Me entrega su tarjeta.

"Eh, gracias", digo mientras Moni vuelve a la habitación.

"¿Va todo bien?", pregunta, mirando al espejo y viendo que el asistente la acaricia.

"Sí", respondo, "Daniel me estaba diciendo que el espejo le parecía japonés. Dijo que había visto algo así antes. Ah, y que estaría interesado en comprarlo. Es decir, si alguna vez quisiera desprenderme de él".

Moni palidece.

Daniel me toma el pulso. Confirma que todo va bien y me pregunta si necesito algo.

"Qué tío más raro", dice Moni.

Rompo aguas.

***

Las cosas suceden demasiado deprisa. Los monitores se vuelven locos. Empiezan las contracciones. Estoy dilatada y lista para empujar. El ritmo cardíaco del bebé disminuye, al igual que su tensión arterial. Me llevan en silla de ruedas al quirófano y empiezan a prepararme para una cesárea de urgencia. Ojalá Darryl estuviera aquí conmigo.

Está todo preparado. Me drogan y entran para salvar a mi hijo.

Estoy inconsciente, no veo ni siento nada. Observo cómo se mueve el personal del hospital. Escucho las máquinas. Espero y rezo para que mi hijo se ponga bien.

Le levantan para que pueda verle.

No llora.

Está azul.

Grito.

Alguien me clava una aguja en el brazo.

Duermo sabiendo que mi hijo ha muerto.


***


Me despierto y recuerdo.

"¿Quieres cogerlo?", me pregunta una enfermera.

Asiento con la cabeza.

Sale de la habitación.

Salgo de la cama.

Mi hijo llega en una vitrina envuelto en una manta verde. Lleva un gorro de punto a juego.

Ella me lo entrega. Las lágrimas ruedan por mis mejillas mientras beso su frente fría y nos veo reflejados en el espejo de la habitación.

Camino hacia él.

Sigo siendo una mamá. Sosteniendo a mi hijo.

Beso cada uno de sus párpados.

El suelo bajo mis pies empieza a temblar, mientras el sol grita luz en la habitación y en el espejo y en mi hijo.

Sus párpados se abren. Me ve. Me conoce.

Luego desaparece.

Tropiezo, sosteniendo la ligereza de la nada en mis brazos.

Allí, en el espejo, Darryl sostiene a nuestro hijo.

"Te quiero", dice Darryl besándole la frente.

"Yo también te quiero", digo mientras nuestro hijo empieza a llorar.

El espejo empieza a girar, primero despacio y luego coge impulso. Golpea y rechina, retorciéndose como si fuera a salir volando.

Hipnotizada, no puedo apartar la mirada.

La mano de Darryl sale del espejo y yo la cojo.

Y estamos juntos para siempre Darryl, nuestro bebé y yo

# DESEO DE MUERTE

L E RESULTABA DIFÍCIL PENSAR en otra cosa.

Vivía en la época perfecta. Una época en la que podía encontrar cualquier cosa en Internet.

Vídeos y fotos. Todo lo que necesitaba saber. Incluso cosas que le daban un miedo de muerte. Y podía hacerlo en el trabajo o en casa.

Lo único que tenía que hacer era mantener abiertas varias pestañas y, cuando lo necesitara, cambiar de una a otra. Era como un espía, jugando al gato y al ratón que sólo él sabía que se estaba jugando.

Pasaba todas las horas que estaba despierto -o todas las que podía- investigando. Ordenando y reordenando las piezas del rompecabezas. La preparación era la clave. Reunirlo todo, hasta que estuviera preparado. Entonces sería fácil, y con todos los datos sobre la mesa, eliminaría la posibilidad de fracasar.

"El fracaso no es una opción", se dijo, preguntándose quién lo habría dicho primero. Curioso, lo buscó en Google. Encontró un libro con el mismo nombre atribuido a Gene Kranz, Director de Vuelo del Control de Misión de la NASA.

El problema de investigar en Internet: las distracciones. Es tan fácil desviarse del camino. Por un agujero oscuro. Si no lo vigilaba, el tiempo pasaría volando y pronto sería demasiado viejo para hacerlo.

Y luego estaban las interrupciones. La vida tenía sus intrusiones, tanto buenas como malas. Tenías que afrontarlo: podías ir por la vida haciendo cosas que amabas o cosas que odiabas, pero en cualquier caso, el tiempo se te escapaba y no podías hacer nada para controlarlo.

Lo único que se podía hacer era cerrar la puerta, esperar y desear que el mundo desapareciera. A veces, ésa no era una sensación muy buena para las personas de tu vida a las que querías, como tu mujer. O tu perro.

A veces sentía que debía caer para confesárselo todo a su mujer. Arrojarse a sus pies. Pero entonces pensaba en cómo se sentiría si su secreto no fuera sólo su secreto. Cómo tendría que responder a preguntas, y cómo sus decisiones estarían abiertas a discusión. Cada pedacito de él sería desmenuzado como una galleta de Navidad.

No, decidió. El secreto era la única manera. Además, ella se preocuparía. Y podría implicar a otras personas, como los padres de él, los de ella o sus amigos. Entonces se descubriría el pastel.

Se preguntó de dónde procedía aquella frase. La buscó y se rió del debate que había en Internet, sobre todo de las comparaciones entre el "cerdo en el charco" alemán y el holandés. Se desplazó hacia abajo, queriendo descubrir el nombre del autor, pero se dio por vencido cuando su mujer "he-hemmed", detrás de él. Cambió la pantalla a algo neutral.

"Unos minutos más", dijo.

Cerró la puerta tras de sí.

Cada vez que metía la cabeza por la puerta... Incluso después de que ella se hubiera ido... Se sentía como si tuviera siete años otra vez y le hubieran pillado con las manos en la masa.

Maldito catolicismo, pensó.

Se sentía culpable de todo.

No era que se estuviera pajeando ni nada parecido.

Estaba trabajando.

Sobre todo, trabajando.

Es cierto que no le pagaban, pero seguía siendo trabajo. Tenía un propósito. Buscó la palabra "trabajo". Una definición era: "una forma de tortura".

Se rió.

Intentó concentrarse, pero no podía porque se sentía condenadamente culpable. Como si su mujer estuviera constantemente encima de él. Reprendiéndole, cosa que no hacía. Su mente gritaba: "¿Acaso no importo?". Se tapó los oídos y se encogió. La mera idea de que ella lo denunciara, de que sus palabras lo atravesaran como si fueran mantequilla, le hizo morderse el pulgar...

"¿Se muerde el pulgar con nosotros, señor?", preguntó a la sala vacía.

"¿Has dicho algo?", preguntó su mujer a través de la puerta cerrada.

"No", respondió él. Luego, en voz baja: "No me muerdo el pulgar con vosotros".

Eran los únicos versos de Shakespeare que recordaba. Como Shakespeare, era un poco dramático.

Volvió al trabajo, sintiéndose culpable ahora por haber mentido a Jayne.

Tampoco es que estuviera mirando porno ni nada parecido. Algunos de sus compañeros tenían sus placeres culpables en Internet, pero eso no era lo suyo. Cuando presumían de sus conquistas, le daban ganas de desaparecer. Uno de sus amigos casados se había inscrito en varios de esos sitios de citas online. Le enviaban fotos por teléfono, y ni siquiera las había conocido en persona. Y luego estaban los adictos al porno online. Hablaban de ello, incluso presumían.

Le ponía enfermo. Le avergonzaba ser hombre.

Por otra parte, muchas de las esposas salían a comprar esposas rosas con volantes después de leer aquel libro sexy que estaba en la lista de los más vendidos. Su mujer también intentó leerlo, pero como era profesora de inglés, no pudo pasar de la mala escritura. Las amigas de su mujer le decían que lo intentara. Le decían que ignorara el estilo de escritura, pero la profesora que había en ella no se lo permitía.

Una vez más, estaba dejando que su mente se desviara. Buscó el título del libro sexy y descubrió una marioneta inapropiada en YouTube leyendo algunos capítulos. Se puso los auriculares, escuchó y se rió a su pesar. Alguien se había tomado muchas molestias para montarlo.

Pero no era más que una distracción. Necesitaba volver a la tarea que tenía entre manos. Se odiaba a sí mismo cuando no podía concentrarse y, sin embargo, se distraía con tanta facilidad.

En ese momento, su perro Buddy ladró y miró el reloj. Buddy llevaba fuera casi treinta minutos.

Sintiéndose culpable, se levantó de un salto y dio unos pasos hacia la puerta sin cambiar la pantalla. Buddy volvió a ladrar y él regresó para cerrar el portátil. Más vale prevenir que curar, pensó mientras salía de la habitación y caminaba por el pasillo.

"Demasiado poco, demasiado tarde", dijo Jayne en tono risueño en su dirección, mientras Buddy venía rebotando hacia él.

"Lo siento", dijo él, "acabo de oírle".

"No te preocupes", dijo ella, "estaba más cerca". Luego volvió a leer y corregir los trabajos de sus alumnos.

Buddy y él volvieron por el pasillo y entraron en su despacho. "Lo siento, Buddy", dijo mientras el perro se sentaba en el suelo y empezaba a lamerle la cara. "¿Me has echado de menos, Buddy?", preguntó repetidamente mientras Buddy ladraba un sí.

"Será mejor que vuelva al trabajo, Bud", dijo resignado.

Volvió a su despacho. Se sentó, decidido ahora a concentrarse.

Se inclinó más hacia la pantalla, sin dejar de sopesar los pros y los contras. No escribió nada ni tomó notas. Si lo hacía, alguien podría encontrarlas y leerlas. Entonces tendría que explicarlo todo, y ésa no sería una conversación de la que quisiera formar parte, ni ahora ni nunca.

"¿Quieres una taza de té?" llamó Jayne desde la cocina.

"No, gracias", respondió él.

Distracciones y más distracciones. Cinco simples palabras como "¿Quieres una taza de té?" podían hacer que su cerebro entrara en una espiral. Empezaba a pensar en esto y aquello y en cómo todo estaba conectado. Cuando se dio cuenta, era un niño pequeño, columpiándose en los columpios del jardín de sus padres. Luego se vería a sí mismo columpiándose de un árbol en el parque. Estaría demasiado agotado para investigar. No agotado físicamente, entiendes, sino mentalmente.

Sin embargo, hoy era sobre todo su día. Era domingo, y Jayne pasaría la mayor parte del día corrigiendo trabajos y luego preparando la cena. Claro que esperaba que saliera de su "cueva" en algún momento. Así llamaba ella a su despacho. Una referencia directa a aquel libro que había visto en Oprah. Su mujer le había regalado un ejemplar, con la esperanza de que lo sacara de su cueva de hombre. No recordaba la ocasión, pero por lo que había intentado leer, le había parecido una basura.

Jayne volvió a llamar a la puerta.

Tuvo el tiempo justo de volver a hacer clic en la página de su empresa antes de que ella le rodeara el cuello con los brazos y lo besara en la coronilla.

Él encorvó los hombros involuntariamente. Ocultó su trabajo, imaginando que a ella le interesaba lo que tuviera en la pantalla.

Se había interesado, porque comentó que Facebook estaba abierto en otra ventana. Se sintió como un bobo perdiendo el tiempo un domingo por la tarde mirando Facebook. O dicho de otro modo, se sintió como un bobo porque Jayne pensara que un domingo por la tarde él prefería pasar el tiempo mirando Facebook en vez de pasar tiempo con ella. No era así en absoluto, y quería tranquilizarla.

Pero, al mismo tiempo, pensó que tal vez lo que ella pensara en aquel momento era irrelevante.

Se desplazó despreocupadamente por el correo electrónico del trabajo, fingiendo estar muy ocupado, cuando apareció una ventana de actualización de estado. La cerró rápidamente, deseando que Jayne se marchara.

"¿Estarás lista para irte muy pronto, amor?". preguntó Jayne.

"Claro, dame cinco minutos", dijo él, y mientras ella se acercaba a la puerta, "¿o quizá diez?".

"Vale, que sean diez, pero hoy necesitas tomar el aire. Yo también. Además, prepararé la correa de Buddy, que también puede venir".

"Buena idea", dijo, sabiendo perfectamente que Buddy tenía más ganas de salir que él.

***

Baste decir que su aventura al aire libre no duró mucho. Les llevó al centro comercial. Multitudes. Asalariados. Perdedores de tiempo. Las hemorroides de la próxima semana. Sonrió, pero no sintió la necesidad de compartir su broma con Jayne.

Jayne se ofreció a guardarlo todo, así que él la dejó.

Quería y necesitaba entrar en su guarida y cerrar la puerta. Una vez dentro, se puso como una tortuga, con la camisa rodeándole la cabeza. Se sentó así, buscando consuelo y silencio hasta que se calmó lo suficiente como para empezar de nuevo su investigación.

Cuando volvió a levantar la cabeza, pudo oír a Jayne preparando la cena. Tarareaba el canal de radio de los viejos tiempos. Se imaginó a Jayne junto a los fogones, con Buddy sentado allí, esperando pacientemente a que le diera una o dos probaditas.

Así era el Bud-meister. Siempre esperaba, y con aquellos ojos saltones mirando, tenías que lanzarle algo. Iba a echar mucho de menos a aquel perro.

Se crujió los nudillos un par de veces como un pianista profesional. Luego, trazó los dedos sobre el teclado. Búsqueda en Google. Lo que apareció, sin embargo, ¡era totalmente distinto a todo lo que había visto antes!

Estaba en Internet. Había vídeos reales de gente haciéndolo. ¡Haciéndolo! Al ver el primero, se sintió casi como si hubiera sido la persona del vídeo. Se le aceleró el corazón y también el pulso. No podía creer que el mero hecho de ver un vídeo pudiera provocar semejante reacción.

Alguien debería quejarse de esto, pensó, y luego, yo debería quejarme de esto. Pero no iba a hacerlo. Vio otro, y otro, y otro. Cada vez, sentía que él mismo era la persona interesada. Cada vez, el corazón casi se le salía del pecho.

Lo apagó. Era demasiado. Demasiado, demasiado.

Siguió reproduciendo lo que había visto una y otra vez en su cabeza. No podía escapar de ello. Y cuanto más pensaba en ello, más miedo sentía. Cuanto más se asustaba, más disminuía su valor, hasta que se preguntó si podría seguir adelante.

Todo estaba en los ojos. Los ojos de pánico de las víctimas.

Pensó en sus expresiones faciales. Decidió que tenían ese aspecto porque, a diferencia de él, no habían investigado previamente.

Pensó que debían de haberse decidido e ir a por ello. No podía comprender esta idea.

Era demasiado arriesgada, ¿y si cambiaban de opinión?

¿Y si él cambiaba de opinión en el último momento?

No quería que eso le ocurriera a él.

Desde luego, era diferente a ellos.

Quizá era demasiado precavido.

Quizá era demasiado soso y aburrido para poder cambiar su vida, para poder tomar las riendas de su vida. Todo se debía al hecho de que había estado a merced de la cinta de correr de la Corporación durante mucho tiempo. Él y todos los demás hámsters. Sin parar, sin parar y sin nada que demostrar.

Odiaba su vida. Sí, quería a Jayne y a Buddy, pero la vida es algo más que el trabajo y la cama.

Sí, hacer el amor estaba bien, y acurrucarse estaba bien. Los amigos y la familia y todo ese galimatías emocional estaban bien. Pero la vida tenía que ofrecer algo más. Tenía que tenerlo. Y él iba a alargar la mano y coger ese anillo antes de que fuera demasiado tarde.

Porque sabía que si no hacía algo para que su existencia en este planeta significara algo pronto, entonces era como si no hubiera estado aquí.

Cerró el portátil, bajó la cabeza y se quedó dormido.

***

En su sueño, no tenía piernas. Era sólo cabeza y torso, sentado ante el escritorio, tecleando. Tampoco tenía una silla especial. En el sueño, estaba sentado en la misma silla de siempre, con rodillos en las patas. Cuando escribía, la vibración de sus dedos al moverse por el teclado hacía que su torso se moviera y oscilara. Como la silla no tenía brazos, su torso se inclinaba en la dirección de la mano con la que tecleaba. Era extraño, pero no temía caerse de lado. Se sentía intrépido y, curiosamente, inspirado.

Entonces empezó a sonar una canción muy fuerte, en algún lugar del fondo. Era Mozart o Beethoven o alguno de esos compositores clásicos. Algo en su cabeza le hizo desear dar golpecitos con los dedos de los pies, pero no tenía dedos. Se despertó y lanzó un grito.

Jayne y Buddy llegaron corriendo, abriendo la puerta de golpe. "Tienes una huella de Manzana en la mejilla", dijo Jayne cuando se dio cuenta de que estaba bien.

"Lo siento", dijo él.

"La cena está casi lista", le informó ella.

"Vale", dijo él.

Ella hizo ademán de cerrar la puerta tras de sí, pero él le dijo que estaba bien dejarla abierta. Ella tenía una expresión interrogante en la cara, pero no dijo nada más.

Cuando se reunió con ella en la cocina, fue a la nevera a por una cerveza. Cenaron en un ambiente agradable, pero sin hablar. Se querían, pero a veces el amor no era suficiente.

No fue suficiente cuando Jayne descubrió que no podía tener la familia que deseaba. Se había sometido a una prueba tras otra, y todo parecía funcionar bien. Y entonces le hicieron las pruebas, y sus esperanzas y sueños se vinieron abajo. No tenía suficientes nadadores sanos. Fue entonces cuando murió cualquier esperanza de tener una familia.

Al principio, se mostró amable al respecto. Era casi como si se sintiera aliviada, porque el problema era de él y no de ella, lo cual estaba bien, pero de algún modo le hizo sentirse menos hombre. Nunca habló de ello con ella. Ni con nadie más.

Tras el shock inicial, consideraron otras opciones, como la adopción, la fecundación in vitro o los vientres de alquiler. Ninguna de esas opciones le atraía. En el fondo de su corazón, sentía que Jayne se merecía a alguien mejor que él. Alguien que pudiera darle todo lo que deseaba.

Por aquel entonces, Jayne y él volvían a casa en coche y vieron un refugio de animales. Perros y gatos sin hogar. La pareja no había considerado antes la opción de adoptar una mascota.

"Podríamos echar un vistazo", sugirió Jayne.

"Supongo que no haría daño", había aceptado.

Una vez dentro del refugio, los ladridos y maullidos les golpearon con fuerza. Dos cacatúas se unieron a la charla.

Se sintió claustrofóbico y quiso salir.

Jayne empezó a hablar con una de las Cacatúas, y pareció gustarles el tono de su voz. Lo miró con expresión esperanzada.

"No estoy de acuerdo con enjaular a los pájaros", dijo.

"Hmmm", dijo ella mientras avanzaba hacia los gatos. "Hay tantos", observó Jayne. "Sería difícil elegir".

"Preferiría un perro", dijo él.

"Hmmm", repitió ella.

En consecuencia, su deambular por el refugio les llevó hasta Buddy. Entonces no se llamaba Buddy.

El personal del refugio le había llamado Buster, y llevaba en el refugio poco más de un mes. Era una gran bola de pelo, con patas demasiado grandes para su cuerpo. Caminó torpemente hacia ellos. Tropezando y chocando. Mientras el paseador de perros intentaba sin éxito refrenarle. Pero era como si Buster tuviera una sola mente.

Se dirigió directamente hacia ellos. Extendió su cuerpo en el suelo a sus pies. El perro le miró directamente a los ojos, y no hubo duda de que Buster iba a ser adoptado aquel día.

"¿Puedo cambiarle el nombre por Buddy?", preguntó.

"No sé... pruébatelo", sugirió el paseador de perros.

"Ven aquí, Buddy", dijo. "Ven aquí, chico".

Buddy echó las orejas hacia atrás y saltó a sus brazos. Aquel día se convirtieron en una familia de tres, y desde entonces sus vidas giraron en torno a Buddy.

Todavía se le humedecían los ojos cada vez que recordaba aquel momento. Echaría de menos a Buddy, y echaría de menos a Jayne, pero lo superarían. Seguirían adelante, con el tiempo, y serían mejores por ello.

O al menos eso se decía a sí mismo.

Por la noche, se acostaron a la misma hora. Ella leyó un libro, y él intentó leer, pero nada podía mantener su atención. Así que se quedó pensando y mirando, pensando y mirando. Y cuando Jayne le hablaba del libro que estaba leyendo, él asentía, pero en realidad no estaba escuchando. Ella no esperaba que lo hiciera. Buddy estaba al final de la cama, roncando mucho antes que ellos.

Cuando ella se dormía, él se levantaba y paseaba. No dejaba que Buddy paseara con él, porque sus patas, al reptar por el pasillo, habrían despertado a Jayne. En algún momento de la noche, decidió que estaba actuando precipitadamente. Se había dicho a sí mismo que sólo tenía que pasar otra semana en el trabajo y que entonces todo se arreglaría solo.

Sabía que estaba dando largas al asunto, pero nada había cambiado.

Era inevitable.

***

Aun así, llegó el lunes por la mañana y sonó el despertador.

Caminó Buddy y comió unas tostadas con mantequilla. Bebió una taza de café y se despidió de Jayne con un beso antes de conducir hacia la oficina. Estuvo sentado en un atasco durante veinte minutos. Escuchó las noticias y la cháchara hasta que anheló el silencio. Inspiró profundamente mientras los coches avanzaban cada poco tiempo.

"¿Por qué espero en el tráfico todos los días para llegar a un trabajo que odio?", se preguntó en voz alta.

"¿Por qué soy tan quejica?", se respondió con otra pregunta.

Porque tienes que hacer algo, dijo una voz dentro de su cabeza. Tienes que poner en marcha tu corazón. Necesitas no tener miedo. Tienes que mear o salir del tiesto.

Es más fácil decirlo que hacerlo, pensó. Es más fácil decirlo que hacerlo.

En la oficina, saludó a la recepcionista, que le dijo que el jefe estaba esperando dentro.

"¿Teníamos una reunión programada?", preguntó mientras consultaba el horario en su teléfono.

"No", le confirmó ella.

Sintió que se le formaba una gota de sudor en la frente al entrar en su despacho. Su jefe se levantó, intercambiaron saludos y se estrecharon la mano como si fuera la primera vez que se veían.

Qué raro, pensó, ya que llevaba siete años trabajando aquí.

"Siéntate", dijo su jefe. Parecía una orden directa, así que lo hizo, aunque estaba en su propio despacho. En su propio terreno.

"¿Qué puedo hacer por usted, señor?", preguntó.

"Me han informado de que últimamente has pasado bastante tiempo -no, tengo que ser sincero contigo- bastante tiempo en Google. No has conseguido nuevos clientes. Francamente, como empresa estamos preocupados, porque no te mantienes firme. Tirando de tu carga. "

Vaciló unos segundos. Se le había abierto la boca, pero luego la cerró, sin decir nada.

"¿Qué tienes que decir en tu defensa?", le preguntó su jefe, "¿Alguna... explicación?".

"No", balbuceó. "Yo sólo..."

"Escúpelo, chaval", le dijo el jefe. "¡Tiene que haber alguna explicación!".

Se limitó a negar con la cabeza.

"¿Quizá tienes problemas familiares?".

"No".

"¿Alcohol? ¿Drogas? ¿Muerte en la familia? ¿Divorcio?

Negó con la cabeza. ¡Ojalá fuera verdad!

"Vamos, tío", dijo su jefe, cada vez más exasperado. "Dame algo con lo que trabajar. Lo que sea".

"He estado sometido a mucho estrés. Mucha presión".

"Sí, ahí lo tienes, chico. Sé que te he pillado desprevenido al entrar en tu despacho de improviso, pero ahora ya te estás enterando, muchacho. Cuéntame algo más. ¿En qué podemos ayudarte? Quiero decir, yo y los socios".

"La verdad es que no lo sé", dijo. "Creo que lo mejor sería que me despidieras".

"Ya, ya, ¿quién ha dicho nada de despedirte? Aún no hemos llegado a ese punto. Llevas siete -cuéntalos- siete buenos años aquí. Bueno, seamos realistas, probablemente más bien seis y medio, pero eres un miembro valioso de nuestro equipo. Queremos ayudarte, si nos lo permites. ¿Cómo podemos ayudar, muchacho?"

"Si no te planteas despedirme, ¿considerarías una excedencia? ¿Quizá un mes? Sin sueldo está bien. No me importa. I-"

"Sin sueldo, dices. Pues no hace falta que sea sin sueldo. Hoy mismo prepararé el papeleo. Lo llamaremos Baja por Estrés. Un mes totalmente pagado. Llévate a tu mujer y a Buddy de vacaciones a algún sitio. Relájate". Se levantó, se inclinó sobre el escritorio y volvieron a darse la mano.

"Gracias, señor", dijo él. "Gracias. De verdad".

"Heather te dará los papeles para que los firmes antes de que acabe el día. Trabaja hoy, termina todo lo que puedas y luego delega el resto en otra persona. Enviaré un memorándum a toda la empresa diciendo que tienes un mes libre, pero no diremos por qué, claro". Se tocó la nariz, como para confirmar el secreto que compartían. "Eso quedará entre tú y yo".

Se levantó y acompañó a su jefe hasta la puerta. Su jefe le dio una palmada en la espalda.

"Cuídate y no te preocupes por las cosas de aquí. Cuidaremos del fuerte hasta que vuelvas".

"Gracias de nuevo, señor", dijo, e incluso consiguió sonreír un momento.

Luego se sentó ante el ordenador y volvió a su investigación. Al final del día, todos se reunieron a su alrededor. Esperaba que no le hubieran comprado regalos ni nada. No lo habían hecho.

Fue una buena despedida. Metió todos sus objetos personales en la bolsa y se sintió muy aliviado cuando volvió al coche.

Como de costumbre, llegó a casa antes que Jayne. Llevó a Buddy a dar una vuelta rápida a la manzana y luego volvió al ordenador. Miró su testamento y pensó en hacer algunas modificaciones.

Jayne seguía siendo la única benefactora. Decidió dejar algo al refugio de animales donde habían encontrado a Buddy. Era una buena suma: con el dinero podrían ayudar a muchos animales callejeros y, al hacerlo, su vida habría significado algo.

"Ven aquí, Buddy", le dijo. "Ahora tienes que cuidar de Jayne, ¿vale? Cuento contigo".

Buddy saltó y le puso las patas sobre los hombros. Se abrazaron. Él se limpió una lágrima de los ojos.

Juntos fueron a la cocina. Llenó el cuenco de comida de Buddy y luego sacó agua fresca del grifo y llenó su cuenco de agua.

Buddy se dirigió directamente a la comida, pero él lo cogió para darle otro abrazo. Contuvo un sollozo mientras se dirigía al dormitorio y empezaba a preparar una bolsa de viaje. Metió sólo lo básico, dejó el pasaporte encima del escritorio y se sentó a escribirle una nota a Jayne.

Decía así

Queridísima Jayne: Te quiero más que a nada, pero creo que estarías mejor sin mí. Por favor, cuida de Buddy por mí. Siento que tenga que ser así, pero hice un voto para que fueras feliz, y ésta es la única manera.

XOXO infinito.

Tu amado esposo.

Mientras conducía por la Carretera de la Princesa, pensó en las cosas de las que más se arrepentía. No había seguido sus sueños. No había dejado que Jayne persiguiera los suyos.  Al principio, habían sido una fuerza a tener en cuenta. Pero ahora las cosas eran distintas. Ella había querido viajar, volar, despegar y compartir aventuras juntos, pero él siempre se había acobardado.

Lamentaba el miedo. Se odiaba a sí mismo por el miedo.

Le hacía sentirse menos hombre. Y luego, cuando no tuvo suficientes nadadores, fue la gota que colmó el vaso.

Entonces empezó a cuestionárselo todo. ¿Por qué le habían puesto en la Tierra? ¿Cuál era su propósito?

¿Cómo podía cambiar las cosas?

Recordó aquella mañana, cuando había besado a Jayne por última vez. Por supuesto, ella no lo sabía, pero él sí. Aunque no le hubieran dado un mes libre, no iba a volver mañana por nada del mundo. No, tenía otros planes. Otros lugares en los que estar. Otras cosas que hacer.

Por una vez, en mucho tiempo, tenía un propósito.

Entonces tuvo que parar el coche, detenerse. Apenas consiguió salir del vehículo a tiempo. Le temblaban las manos mientras vomitaba. Nervios. Miedo. Ira. Humillación. Todo se agitaba en su organismo, perturbándolo.

Mientras subía de nuevo al Lexus, su teléfono empezó a sonar. Era Jayne. Pulsó el botón para que dejara de sonar y envió la llamada directamente al buzón de voz. Vio cómo el teléfono se iluminaba instantes después con un mensaje. Pulsó el botón para escuchar.

"Acabo de llegar a casa y he encontrado tu nota... No lo entiendo. Buddy y yo no lo entendemos". En el momento justo, Buddy ladró. "Ven a casa, ¿vale? Ven a casa y hablaremos de esto. Hablarlo". Ella moqueó. "¿Estás ahí? ¿Estás escuchando? Escucha". La voz de Jayne se apagó durante unos segundos. Se agotó el tiempo del mensaje. Volvió a llamar. "Sé que me estás escuchando, tú, tú... te quiero. Respóndeme!"

Colgó, apagó el teléfono y lo metió en la guantera. Lo encontrarían allí... después.

Cuando se alejó del bordillo, hizo chirriar las ruedas del coche. Aceleró el motor, pisó a fondo el acelerador y se alejó a toda velocidad.

Condujo casi toda la noche. Le daba un poco de paranoia que Jayne pudiera llamar a la policía, pero no pasó nada. Esperaba que ella no se enfadara demasiado con él.

No había vuelta atrás.

Además, no quería hacerlo.

Después de todo, había conseguido todo lo que quería, todo lo que podía.

***

De pie en la cima de la montaña, las rodillas le temblaban incontrolablemente. Empujó unas cuantas rocas desde el borde y vio cómo caían hacia el fondo. Escuchó cómo descendían, chasqueando y chocando contra la piedra. Al final, sólo oyó un leve chapoteo y, por fin, se hizo el silencio.

Era una vista impresionante -las Montañas Azules- y ahora todo lo que había leído sobre ellas tenía sentido. Cuando estabas aquí arriba, te sentías pequeño en tamaño y estatura, pero parte de algo más grande que tú. Te sentías uno con el universo y, de algún modo, sin miedo.

Justo entonces, un grupo de ruidosas cacatúas hizo notar su presencia. Sus chillidos agudos y fuertes le hicieron taparse los oídos.

No tienes que hacer esto, se dijo. No tienes nada que demostrar a nadie. Podrías dar media vuelta y volver a casa con Jayne y Buddy, y nadie se daría cuenta. Jayne lo entendería si simplemente le explicaras lo que había ocurrido en la oficina. Lo entendería perfectamente y te apoyaría.

Se lo pensó un momento más, mientras observaba cómo las nubes se abrían paso por el cielo.

La verdad era que no podía vivir consigo mismo. Con el miedo constante. Era demasiado para él dejarlo a un lado y volver a casa, fingiendo que nunca había ocurrido. Si se rendía ahora y volvía a la vida tal como era, entonces no podría mirarse al espejo. Ya no sería un hombre, no realmente. No sería nada. Su vida no significaría nada.

"Es ahora o nunca", se dijo.

Y cuando llegó el momento, no lo pensó más.

Estaba totalmente comprometido, por primera vez en su vida.

Se acercó al borde, y simplemente dejó que su cuerpo cayera hacia delante, empezando por la cabeza. Fue fácil, debido al pronunciado descenso. Pronto, sus hombros, su torso y sus piernas navegaron hacia abajo en perfecta sincronía.

Gritó. No pudo evitarlo. Cerró los ojos con fuerza, concentrándose mientras el viento le zarandeaba como a una marioneta.

Se obligó a abrir los ojos y fue como si volara.

Se sentía como si no pesara nada, y parecía que estaba destinado a ser así, a volar. Se rió mientras se hundía hacia el fondo como una piedra.

Todo había terminado en unos minutos.

"¡Totalmente perra!", exclamó mientras colgaba boca abajo del extremo de una cuerda elástica.

"¡Otra vez! Otra vez!", gritó mientras lo volvían a enrollar.

# ADIÓS

"Cuéntame la historia de la primera vez que conociste a papá", me preguntó mi hija de siete años, aunque ya había oído la misma historia muchas, muchas veces.

"¿Estás segura, cariño?" pregunté, sabiendo muy bien lo que contestaría.

"¡Por favor!", dijo mirándome con esos grandes ojos azules que había heredado de su padre.

"¿La versión larga o resumida? pregunté apartándole un mechón de pelo de los ojos.

"¡Larga!", dijo, aplaudiendo como si nunca fuera a dormirse.

"Shh", le dije. "Hmm, ¿y ahora dónde empezó todo?".

"'Adiós', dijo papá", arrulló mi hija.

"Así es, cariño", respondí, omitiendo la parte en la que su padre me empujaba contra la puerta del coche.

Agarré el bolso, pasé el brazo por la correa y, lanzando mi peso contra la puerta como si fuera un linebacker, la empujé para abrirla. Descabalgando primero con mi zapato de tacón derecho, no tardé en darme cuenta de que nos habíamos detenido junto a un charco que me llegaba hasta los tobillos. Antes de que mi cerebro pudiera registrarlo para evitar que mi pie izquierdo pisara en él, ya lo había hecho. Aun así, iba a salir, a alejarme sin importarme el daño que causara a mis zapatos favoritos.

"Oh", dije, ya completamente fuera del vehículo y de espaldas al conductor.

"¡Pues has pisado un charco!", chilló mi hija.

"Sí, y tu padre se rió al apartarse con un volantazo de la rueda trasera, haciendo que el contenido del charco salpicara sobre el resto de mí. Me quité de encima el agua sucia, fría y apestosa, sacudiéndola antes de que se depositara en mi vestido. Con la otra mano, levanté el dedo corazón en dirección al vehículo abandonado".

Me detuve, pues había olvidado suprimir esa parte.

"¿Por qué lo hiciste?", empezó mi hija.

"No importa -continué-, justo a tiempo para ver mi bolso rebotando junto al vehículo. ¡Ack! Aquel bolso negro me había dado diez años de felicidad porque iba con todo y en todas las situaciones. De doble uso, podía ir sobre el hombro o sobre el hombro y cruzarme el pecho. Tenía compartimentos para todo, incluido mi teléfono".

"¡Oh, no, tu teléfono!", exclamó.

"Sí", dije sonriendo. "¿Cómo iba a salir de este atolladero? Y lo que es más importante, te preguntarás cómo he llegado a este punto en primer lugar. Y llegaré a eso en un minuto, pero primero tengo que evaluar mi situación. Hacer balance y tomar el control. En primer lugar, escurrí el agua de mis zapatos al salir de la carretera, atravesar la hierba cubierta de rocío y llegar a la acera. Volví a calzarme los zapatos, y como estaban mojados, preferí la humedad a cualquier repulsivo reptante nocturno que pudiera estar al acecho, y me dirigí a la farola más cercana.

"Ahora, colocando las manos en las caderas en una postura de Mujer Maravilla, me puse manos a la obra para elaborar un plan que me sacara del atolladero en el que me había metido".

"Era un barrio bonito", dijo.

"Con el césped cuidado y ni una mala hierba ni un vehículo a la vista: todos estaban metidos a buen recaudo en sus garajes dobles o triples. Casas bonitas, contienen gente agradable. ¿Verdad? Así que decidí sin demora elegir una casa, llamar a la puerta principal y pedir ayuda. Elegí la casa número siete de la suerte y me dirigí hacia ella. Por el camino".

"Te compadeciste de ti misma, mamá".

"Claro que sí. No merecía quedarme tirada en medio de un territorio desconocido, a altas horas de la noche, toda mojada, apestosa y sin dinero. Cuando me acercaba al elegido, el número siete, un zumbido llenó el aire, seguido del silbido de un aspersor automático abriéndose paso. Al principio no corrí, ya estaba mojada, pero cuando el chorro de agua se volvió contra mí, gritando, eché a correr. Ahora tenía la cara mojada de lágrimas que no había llorado mientras cruzaba hacia el césped de la casa que esperaba que me salvara. Número siete".

"Nunca debes hablar con extraños, mamá", dijo mi hija.

"Así es, cariño, pero estaba en apuros, mojada y sin mi teléfono. Tú siempre tienes tu teléfono y en él están los números de papá, de la abuela y de la tía Lil".

"Y yo sé tu número, el de papá y el de la abuela en mi cabeza".

"Así es, cariño. Volvamos a la historia. ¿Aún no te estás cansando un poco?".

"¡No, aún estoy esperando la mejor parte!".

Continué: "Ahora que estaba aquí, me preguntaba qué hora era. Y me preguntaba si habría alguien en casa. Y me pregunté si estarían en casa y si me ayudarían. Estaba mojada, sucia y no tenía identificación. Mi confianza disminuía por momentos, mientras me daba la vuelta, apoyándome en el timbre que resonaba de arriba abajo de la casa, mientras las luces se encendían y se apagaban. Y eché a correr. De vuelta hacia donde me habían dejado. Territorio familiar por así decirlo. Caminaría hasta una tienda de la esquina donde tendrían un teléfono que me dejarían usar y podría pedir ayuda y enviarles el dinero de la llamada. Sí, eso era lo que pretendía hacer hasta que un coche rodó a mi lado y dentro reconocí una cara amiga. Me habían rescatado de verdad".

"¡Era la tía Lil!", se arrulló mi hija y, por supuesto, tenía razón.

***

"Viajando en el coche con Lil, recordé mi interés amoroso no correspondido por Jasper Winters. Le había observado desde lejos, su pelo rubio ondulado, sus ojos azules, su nariz salpicada de pecas. Era tan dulce, tan atento. Siempre estaba saliendo con una chica u otra y mis amigas me decían que mi obsesión por él se estaba acercando a la fase de acosadora. Por eso acepté ir en contra de lo único que siempre me había negado a hacer: salir con un completo desconocido en una cita a ciegas. Sí, fue con el mismo tipo que ahora tenía mi bolso como rehén. Su nombre: Adam Trent".

"¡Mi papi!", arrulló. "Eso es lo mejor".

Sonreí.

"Había sido nuestro primer encuentro, hoy temprano en el patio de comidas del centro comercial. Habíamos acordado el lugar de encuentro, y era en un lugar público. Un lugar donde pudiéramos charlar con mucho movimiento a nuestro alrededor. Este entorno nos quitaría presión. Haría que los huecos en los que ninguno de los dos tenía nada que ver parecieran menos vacíos. ¿Inútil es una palabra? No lo sé, pero ya me entiendes. A través de nuestro amigo común, acordamos que era una oportunidad para conocernos cara a cara. Si había conexión, acordamos de antemano concertar el siguiente encuentro, que incluiría una película o una cena. El siguiente paso sólo si ambos sentíamos la conexión. De lo contrario, ambos acordamos que ¡hasta la vista, nena! ¡Adiós y buen viaje! ¡Si hubiera sabido entonces lo que sé ahora! Entonces no estaría en esta situación. Pero como dice el refrán, la retrospectiva es 20/20. Cuando le vi por primera vez al otro lado del patio de comidas, no era el tipo de hombre que destacaría entre la multitud. Inmediatamente me gustó eso de él, que se mezclaba como yo y cuando hice rodar su nombre, Adam Trent en mi lengua al decirlo, le sentó bien y me relajé de inmediato".

"Amor a primera vista", exclamó mi hija.

"Así fue", dije. "Después de hacer las presentaciones, codearnos ya que ambos llevábamos nuestras máscaras obligatorias, me preguntó qué quería beber y se fue a por el café. Acertó con mi pedido, nata y un azucarillo, lo que me demostró que sabía escuchar y me hizo albergar esperanzas. Mientras nos sentábamos y sorbíamos nuestros cafés, charlamos con una sensación de familiaridad, como si fuéramos más que conocidos, más cercanos a amigos. Se reía, no demasiado alto. Odiaba a la gente que se reía muy alto, llamando la atención. Adam no era así. Era considerado, amable, comprensivo y hablar con él me parecía normal. O debería decir como la nueva normalidad, ya que charlábamos libremente mientras llevábamos puestas nuestras máscaras protectoras. Aun así, no creo que me equivocara al pensar que, si alguien nos observaba, le quedaría claro que nos sentíamos cómodos en compañía del otro. Avanzamos en nuestra conversación de una cosa a otra con bastante facilidad y pronto me dijo que iría a la Universidad en otoño. Yo le informé con bastante torpeza de que me iba a tomar un año sabático. No le conté los detalles, que necesitaba ganar dinero antes de poder volver. Era demasiada información y no era algo que necesitara saber de mí. Tampoco le dije que había ganado una beca para estudiar Literatura Clásica Inglesa".

"Espero especializarme en Literatura del Siglo XX", reveló.

"¡Vaya!" exclamé, "¡quiero especializarme en Literatura Clásica Inglesa!".

"Con este gran amor por la literatura en común, estableceríamos fácilmente una conexión, ¿verdad? Tendríamos un puente de una tierra de literatura a otra. Él descubriría mis autores favoritos y yo descubriría los suyos y viviríamos felices para siempre. Eso pensaba una parte de mí. Con la otra, le escuchaba cantar las alabanzas de su autor favorito en el mundo: Kurt Vonnegut. Continuó elogiando y ensalzando todo lo relacionado con su elección para la mejor novela de todos los tiempos: Matadero Cinco".

"Hasta que fue demasiado lejos", reprendió mi hija.

"Sí, demasiado lejos. De hecho, tan lejos que no tuve más remedio que defender a los verdaderos maestros, como Shakespeare, Dickens y Twain, cuyas obras resistieron la prueba del tiempo. Después de que su rostro recuperara su color normal, introdujo en la conversación algunos vonnegutismos, como: "Sólo en los libros nos enteramos de lo que ocurre realmente".

"Fue una batalla de libros", dijo mi hija.

"Sí, y nuestra primera discusión. Le dije: "¡Hablando de afirmar lo obvio!", antes de responderle con la frase de Mark Twain: "Es mejor tener la boca cerrada y dejar que la gente piense que eres tonto que abrirla y despejar toda duda". Había leído en alguna parte que Twain era uno de los autores favoritos de Vonnegut. En cualquier caso, eso era algo bueno de él.

"Se levantó, se acercó al otro lado de la mesa y me besó larga y duramente máscara contra máscara. Allí mismo, en medio del patio de comidas. Fue en respuesta a que le agarré la mano cuando dijo que Vonnegut era el Shakespeare de nuestro tiempo. Lo había dicho con tanta convicción, desde el corazón y el alma, que casi me había hecho creer que era verdad".

"¡A los que besaste! Qué asco!", dijo ella, tapándose la cara.

"El beso, aunque brusco e inesperado, había sido ardiente a pesar de que teníamos máscaras entre nosotros. No nos habíamos dado cuenta de que los demás en el patio de comidas nos miraban; lo dejamos pasar demasiado tiempo. Cuando nos separamos, volvimos a sentarnos y nos echamos a reír. Inmediatamente decidimos ver una película en el centro comercial. De camino al cine, la conexión disminuyó. Si nos gustaban las mismas películas, ¿podríamos reavivarla? ¿Entonces no estaría todo perdido? Charlamos sobre las películas que le gustaban a él y acordamos que la última de Tom Cruise nos iría bien a los dos, pero ya había empezado, así que no pudo ser. No pudimos ponernos de acuerdo sobre ninguna otra película.

"Vamos a comer algo", sugirió.

"Eran casi las diez y yo también me moría de hambre. Lo único que habíamos tomado era café, y de eso hacía ya mucho tiempo, y llevábamos un buen rato oliendo las palomitas".

"Por mí, de acuerdo", dije.

"¿En el centro comercial o fuera?", preguntó.

"Dije que debíamos tomar un poco de aire fresco, así que salimos del centro comercial y entramos en el aparcamiento de varios niveles. Vagamos durante más de treinta minutos antes de que me dijera que no recordaba dónde había aparcado.

"Entonces te quitaste los zapatos".

"Vonnegut dijo: 'Somos lo que fingimos ser, así que debemos tener cuidado con lo que fingimos ser'". Hizo una pausa. "No eres muy femenina, ¿verdad?".

"'¿Eres un hombre? pregunté, citando a Lady Macbeth. Inmediatamente me sentí mal por esa cita en concreto y cambié de tema enseguida: "¿Y la tarjeta? Ya sabes, ¿dónde pagas? ¿No dice en qué nivel has aparcado?".

"Sé que aparqué en ESTE nivel", dijo, y siguió pulsando el botón de su llavero y esperando una respuesta como un pájaro que llama a su pareja. Cuando el coche y el llavero por fin se encontraron, eran cerca de las once de la noche.

"Ahora en el vehículo, con las escaleras subiendo por mis dos piernas y las negras plantas de los pies, respiré hondo e intenté relajarme. La comida ayudaría sin duda a mejorar mi estado de ánimo y, con suerte, también el suyo. No era demasiado tarde para que volviéramos a empezar. Nos habíamos llevado muy bien hasta el choque literario. Nos abrochamos los cinturones de seguridad, pisó a fondo el acelerador y nos pusimos en marcha, rodeamos el aparcamiento y salimos a la calle. Condujimos durante un buen rato, escuchando música country. Él cantaba, mientras yo luchaba contra las ganas de decir: "¡yippie ki-yay!".

"¿Qué tipo de comida te gusta? "preguntó después de que hubiéramos escuchado en la radio la última sugerencia de locales de tacos".

"Ya no tengo hambre", respondí, pensando que, dada la oportunidad de la sugerencia, quería llevarme a un local de tacos. Odiaba los tacos. ¿Cómo podía encajar comer un taco, con carne y cosas cayendo por todas partes, en su criterio de señorita? No quería saberlo. Más que nada por despecho dije: "Shakespeare es el rey de la literatura y Vonnegut es un simple bufón en comparación".

"Entonces papá frenó en seco".

"Éramos el único vehículo en los suburbios, en medio de la nada, y ésa es la historia de cómo nos conocimos tu padre y yo", dije, poniéndome en pie y arropando a mi hija. Se estiró, bostezó y, unos instantes después, dormía profundamente. Cerré la puerta al salir y me dirigí a nuestra habitación.

# SÓLO VEINTE

CUANDO MURIÓ LA TÍA Gin, sólo se pidió a veinte invitados ajenos a nuestra burbuja familiar que asistieran al funeral. Este número era limitado debido a la pandemia. El distanciamiento social y las máscaras fueron obligatorios durante todo el día. Esto incluía el servicio en la funeraria, el entierro y el banquete.

Como la tía Gin sabía que se acercaba el final de su vida, seleccionó personalmente a los veinte invitados antes de abandonar este loco mundo.

Como era tradición familiar, seguía queriendo un ataúd abierto. Aunque con una nueva petición. También quería llevar una máscara. La tía Gin siempre tuvo un extraño sentido del humor.

"¿Cómo demonios se supone que voy a pronunciar un panegírico apropiado? Uno que se merezca mi hermana... ¡si llevo una de esas estúpidas máscaras!", preguntó Marvin, el hermano pequeño de Gin.

Sentado frente a Marvin estaba su primo segundo Frank. Dio una calada a su cigarrillo, sumido en sus pensamientos, antes de responder.

"Tendrán un micrófono y será suficiente".

Gritó la sobrina favorita de tía Gin, Mary, que estaba en la cocina preparando el té.

"Será ajustable, el micrófono, quiero decir a tu altura. Así podrás asegurarte de que tu boca", se limpió las manos en el delantal y, cansada de gritar, entró en el salón. Se detuvo a mitad de frase al darse cuenta de que se había olvidado de traer el té, se retiró rápidamente. Volvió con una bandeja sobrecargada que traqueteaba a cada paso.

Frank y Marvin seguían mirándola con la boca abierta esperando a que terminara la frase.

"Está colocada justo enfrente", dijo como si no hubiera pasado tiempo entre la primera y la última. Ahora que lo había dicho, se dio cuenta de que el peso de la bandeja le hacía temblar los brazos. Se agachó y la bajó con cuidado sobre la mesa de cristal. "Gracias por la... ayuda -añadió con un tono agudo de sarcasmo mientras se agachaba para prepararse a servir.

Marvin y Frank no movieron un dedo. Lo cual era normal en ellos dos. Una mujer hacía cosas de mujer y un hombre cosas de hombre.

Llenó la olla y luego abrió el nuevo paquete de galletas de chocolate que había estado guardando para la compañía. Ella y la tía Gin siempre tenían una caja de sus galletas favoritas en el armario, pero nunca las tocaban. Ambas sabían que, si las abrían, las consumirían entre las dos, así que sólo salían cuando había compañía.

La joven y la tía Gin siempre habían sido traviesas y estaban compinchadas. Recordando que su tía era muy exigente con la presentación, extendió las galletas por el plato. Se preguntó si la tía Gin la estaría observando desde lo alto. Suspiró, sintiendo incluso ahora que le faltaba una parte de sí misma.

Marvin no estaba totalmente ocupado. En cambio, miraba por la ventana y pensaba que tendría que llevar máscara. Frank daba caladas a un nuevo cigarrillo que había encendido inmediatamente después de apagar el otro.

Marvin, fijándose por fin en la obra maestra de su sobrina, preguntó: "¿Qué demonios haces ahí abajo?".

"Pues estoy preparando el té y las galletas", dijo Mary, removiendo la olla, luego cerrando la tapa y dándole un manotazo para apurarla.

"Pues coge una silla, o algo. No te quedes ahí en cuclillas como un...".

"En cuclillas", dijo Frank, riéndose de su chiste ya que nadie más lo hacía.

"No importa, ya está listo", dijo Mary. Llenó las tazas vacías con el dorado líquido vaporoso. Luego añadió un chorro de leche y las cantidades de azúcar que se solían pedir. Ella misma no tomaba azúcar. "¿Quieres una galleta de chocolate? Eran las favoritas de tía Gin".

"Sería una maldita pena estropear tu diseño arremolinado", dijo Marvin, alargando la mano y haciendo exactamente eso.

"Para mí no", dijo Frank. "Las galletas y los cigarrillos no van".

Mary sirvió primero a Marvin su taza de té, ya que era el mayor. Luego colocó la taza de Frank en un posavasos junto a su silla, ya que estaba ocupado en otra cosa. Es decir, encendiendo otro cigarrillo. Ella se encogió cuando él depositó la colilla del viejo en el platillo de porcelana fina de tía Gin.

"Gracias", arrullaron ambas.

Mary volvió a fijar el diseño de la galleta, miró hacia arriba. Luego retiró suavemente una de cada extremo y cruzó la habitación intentando no derramar su taza de té rebosante mientras caminaba hacia el sofá de dos plazas. Había evitado sentarse allí ahora que la tía Gin no estaba sentada a su lado. Una parte de ella sentía que el equilibrio del universo se desequilibraba sin Gin.

Antes de que la tía Gin tuviera los días contados, Mary y ella cenaban casi todas las noches en bandejas frente al televisor, sentadas en el sofá de dos plazas, viendo Coronation Street. Mary había estado grabando el programa desde entonces, esperando a que el espíritu de Gin llegara a donde fuera para poder ver el programa juntas como siempre hacían.

Eso fue antes de que el tío Marvin y el primo Frank se mudaran. Antes de que la pandemia hiciera que los parientes a larga distancia necesitaran otro lugar donde vivir. Ahora formaban su propia burbuja social, es decir, no necesitaban llevar máscaras en la vecindad de los demás. Pero dentro de unas horas, tendrían que ponerse las temidas mascarillas para el funeral: nadie quería ser el infector ni el infectado.

"Lo que me gustaría saber es por qué Gin llevará máscara. Eso en primer lugar", dijo Marvin. "En segundo lugar, por qué ha invitado a los familiares que ha invitado. Porque algunos de ellos no han estado en contacto con ella ni con ninguno de nosotros desde hace más de veinte años. Dios sabe que Gin intentó mantener unida a la familia, en tiempos en los que permanecer unidos debería haber sido un hecho".

"Las máscaras son obligatorias para todos y Gin quería que todo fuera inclusivo. Y sí, la tía Gin siempre pensaba lo mejor de todos", dijo Mary.

"Incluso cuando no estaba justificado", dijo Frank, encendiendo otro cigarrillo y añadiendo: "Este platillo se está llenando bastante".

Mary dejó su taza de té sobre la mesa, cogió el platillo y lo tiró a la papelera de la cocina. Encontró un platillo desportillado en el fondo del armario -la tía Gin no permitía fumar en casa, así que no tenía ceniceros- y lo colocó en la mesa junto a la taza de té y el platillo de Frank. Asintió con la cabeza.

"¿Alguno de vosotros quiere que le rellene la taza ya que estoy levantada?", preguntó.

Marvin tendió también su taza vacía. "Y otra de esas galletas me vendría muy bien".

Mary cogió dos galletas, una de cada extremo del diseño y las colocó en el platillo con una cucharilla, antes de verter el té, el azúcar y la leche. "Te lo agradezco", dijo Marvin, soplando el té antes de tomar un sorbo.

Frank rechazó más té con un gesto de la mano. "Ninguno de nosotros contactó con esos muertos de hambre porque no podíamos soportarlos. Tampoco Gin, o eso creía yo".

Marvin mojó una galleta en el té y ésta se desmenuzó y se rompió. Utilizó la cucharilla para recogerla, aspirando la galleta empapada antes de que se disolviera en la nada.

"Estas galletas no son recomendables para mojar", dijo Mary, sonriendo.

"Ahora me lo dice a mí", dijo Marvin.

"¿Quieres que te traiga otra taza y otro plato?".

"No, quédate donde estás. Has estado corriendo de un lado para otro atendiéndonos como si fueras nuestro personal contratado. Me las arreglaré, pero gracias por preguntar".

Mary sonrió y mordió su galleta. Lo saboreó mientras el chocolate se derretía en su lengua.

El trío se sentó en silencio, jugueteando con sus tazas de té, galletas y cigarrillos, hasta que Mary rompió el silencio.

"La tía Gin sentía remordimientos por haber perdido el contacto con la gente. Le pesaba mucho en el corazón y, aunque los veinte invitados -incluso cuando se ponía en contacto con ellos- no le devolvían las llamadas ni las cartas, nunca los dio por perdidos. De hecho, rezaba por ellos todas las noches antes de dormirse".

Su hermano estaba fascinado y confuso. "¿Gin, rezaba por el tío abuelo Dave, que prácticamente la mató cuando se quedó con ellos de niña durante las vacaciones de verano? Eso es algo enorme para que ella lo perdone. Supongo que se ablandó con la edad".

Mary se puso de pie con las manos en las caderas: "La tía Gin era muchas cosas, pero una cosa que no era era blanda. Les habría dado una patada en el culo si se hubieran presentado en la puerta sin avisar antes de que enfermara -ya sabes que odiaba que la gente se presentara sin invitación-, pero quería arreglar las cosas, perdonar y olvidar". Las palabras se le atascaron en la garganta, al igual que la última galleta que acababa de comerse.

Frank se levantó, cruzó la habitación y le dio una fuerte palmada en la espalda. Una galleta parcialmente comida salió volando por la habitación y aterrizó en la taza de té de Marvin con un chapoteo.

"¿No sabes que tienes que masticar antes de tragar? dijo Marvin, devolviendo el té a la bandeja con cara de asco.

"Lo siento mucho", dijo Mary, recogiéndolo todo y llevándolo a la cocina.

***

Mary enjuagó las tazas y lo metió todo en el lavavajillas, luego subió a usar los servicios y a arreglarse la cara. Había estado llorando y no quería que nadie lo supiera. Al bajar las escaleras, oyó voces. Bajó rápidamente.

"¡Quería a mi hermana más que a nadie en el mundo!" dijo Marvin. "¡Pero no veo por qué el hecho de que me pidiera que hiciera el panegírico, debería ser un problema para ti!"

"Ya, ya", dijo Mary.

"Es que yo lo habría hecho mejor", dijo Frank. "Ya me lo habían pedido antes y sería menos emocional, menos crítico".

"¡Por qué tú!" dijo Marvin, levantando los puños cerrados en el aire y agitándolos como si estuviera imitando a un boxeador de antaño.

Frank cruzó la habitación, también con los puños en alto. Era como una versión caucásica geriátrica de Ali contra Foreman.

Los dos se quedaron frente a frente, ojo con ojo, hasta que Mary empezó a gemir la melodía favorita de tía Gin: "Calla, pequeña, no digas ni pío, papá te va a comprar un ruiseñor".

A Marvin se le llenaron los ojos de lágrimas, bajó los puños y se dejó caer en una silla.

Frank se quedó helado, musitando la letra del resto de la canción mientras Mary la canturreaba. Cuando terminó de cantar, cruzó la habitación hasta donde le sonreía una foto de la tía Gin en un marco. Él también rompió a llorar.

"Ya está", dijo Mary. "Ya casi es hora de irnos y aquí estamos discutiendo".

"Tiene razón", dijo Frank. "Además, necesitaremos un frente unido cuando aparezcan esos buitres inútiles".

"Eso si no nos infectan; estamos en medio de una pandemia, ¿no lo saben?".

"Los del catering lo tendrán en cuenta. Mientras estemos en la funeraria y el cementerio, lo prepararán todo aquí para cumplir las directrices de distanciamiento social y mantener a todos a salvo."

"Pero esos ignorantes seguirán necesitando quitarse las máscaras para engullir la comida y tragar el licor, y necesitaremos mucho de esto último".

"Qué vergüenza", replicó María. "Todo eso lo ha gestionado y pagado la tía Gin". Asqueada y harta de ellos, se retiró a su habitación para vestirse con el traje negro que había elegido. Los hombres ya llevaban sus trajes negros y estaban listos para salir.

"Supongo que utilizarán cuchillos, tenedores y platos de papel de plástico", dijo Frank. "Y tendrán botellas de desinfectante de manos por toda la casa y el jardín. Nuestros familiares tendrán que entrar para utilizar las instalaciones, pero la mayor parte de los actos se celebrarán fuera, en el jardín."

"Lástima que Gin se deshiciera de las instalaciones exteriores", dijo Marvin.

Mary llamó desde el piso de arriba: "Se me olvidó decir que pintarán marcas en el césped y/o pondrán carteles donde deba colocarse la gente. Y en cuanto a las instalaciones, bueno, hemos contratado uno de esos retretes portátiles. Como sólo son veinte y nosotros tres, debería haber espacio de sobra para todos y las colas no deberían ser tan largas."

"¡Esto sí que lo habéis pensado!" gritó Marvin. "Los tres podemos volver a colarnos y utilizar las instalaciones interiores del q.t.".

Mary apareció en lo alto de las escaleras, lista para salir. "Gracias. He tenido mucho tiempo para pensar en ello y quería que todo saliera exactamente bien para la tía Gin. Ella y yo lo hablamos todo, hasta el último detalle. Quería quitarme la carga de tener que hacerlo todo yo sola mientras lloraba su pérdida".

Marvin se acarició los pelos de la barbilla. "Si no hubiera sido por esta maldita pandemia, ella habría querido más. Habría pedido una quema de granero normal -o un velatorio- para celebrar su vida. Eso es lo que se merece".

Frank dijo: "Lo tendrá, y le daremos la mejor de todas, cuando acabe la pandemia. Invitaremos a los demás parientes, a los que nos caen bien, y puede que incluso a algunos famosos locales. Todo el mundo quería a Gin. ¡La despediremos como se merece! Pero de momento, tenemos que sacar lo mejor de la situación".

Mary cruzó la habitación, pensó en sentarse, pero el vestido se le arrugaría, así que volvió a la cocina para doblar servilletas de papel. Se había ofrecido a hacer todas las que pudiera antes de que llegaran los del catering, sabiendo que necesitaría algo que la mantuviera ocupada. Pensó en todo lo que la tía Gin había pedido que ocurriera ese día. Quería que Marvin hiciera un brindis por ella, después de que todos participaran en la comida. Incluso había escrito qué platos quería que se sirvieran y había elegido al encargado del catering para que los preparara. Sí, la tía Gin había pensado en todo. Unas voces en la sala de estar la hicieron volver allí.

"Gin dijo que me quedaría con la mayor parte del negocio, por eso me nombró albacea de su testamento", dijo Marvin.

"Dijo que podía quedarme con la casa", dijo Mary. "También es mi casa: he vivido aquí con la tía Gin la mayor parte de mi vida".

"Nadie discute ese hecho", dijo Frank. "Lo has dejado todo para estar aquí y ayudar a Gin cuando nadie más podía hacerlo. Podrías haberte casado, tenido unos hijos... pero elegiste a la familia antes que a ti misma. Es lo menos que podía hacer, dejarte la casa".

Marvin asintió. Por una vez los dos estaban de acuerdo en algo.

"Le dije a Gin que no quería ni necesitaba nada de ella", dijo Frank.

"Esperemos que entonces te ignorara", dijo Marvin riendo y viendo que por fin los dos estaban de buen humor,

Mary volvió a la cocina para terminar de doblar las servilletas antes de que tuvieran que marcharse a la funeraria.

Aunque las servilletas eran de papel, eran delicadas y suaves. El azul cielo con una línea rosa en la esquina izquierda también había sido la elección de la tía Gin. Cuando Mary continuó doblando, aquello se volvió automático, así que miró hacia el jardín y dejó que sus dedos hicieran el trabajo.

Sus ojos se desviaron hacia las flores recién plantadas bajo el roble gigante. Las rosas y el aliento de bebé se estaban terminando de plantar, pero sus colores seguían siendo vibrantes y se movían como viejas amigas que bailan cuando sopla el viento.

Mientras doblaba la última servilleta, su mano derecha le rozó el vientre. Lo hacía de vez en cuando, aunque hacía años que no estaba embarazada. El anhelo nunca desaparecía. La tía Gin no se lo había contado a nadie. Mary tampoco lo había hecho, ni siquiera al padre.

Y allí, enterrada bajo aquellas flores, a la sombra de aquel roble macizo, estaba el lugar de descanso eterno de su niña. Su niña no había sobrevivido más que unos minutos en este mundo.

Pronto llegarían los parientes, se reunirían todos en la casa que ahora era suya y celebrarían la vida de la tía Gin.

Entonces Mary, como los demás, se pondría la máscara y se autoaislaría en aquel lugar bajo el árbol donde nunca se sentiría sola. En el lugar donde sabía que la tía Gin estaría a su lado, con la niña de Mary en brazos.

El trío, la tía Gin, Mary y el bebé serían testigos silenciosos, mientras el resto de la familia se destrozaba mutuamente.

# CHICO PANDÉMICO

"MIRA, AQUÍ VIENE OTRA vez: es Chico Pandémico", gritó el chico alto, larguirucho y rubio de diez años.

Su amigo no era tan alto, ni larguirucho, ni rubio: era un pelirrojo que se rió antes de poner su granito de arena. "¿Dónde está tu capa, chaval? ¿No sabes que TODOS los superhéroes tienen capa?".

El chico al que habían apodado Chico Pandémico era más joven que los otros dos, pero detrás de su máscara era intrépido.

"Spiderman no", respondió con una sonrisa burlona.

Aunque era más joven y más pequeño en tamaño y estatura, no en centímetros sino en pies, con las manos en las caderas -pareciéndose más a Superman- preguntó: "¿Y dónde están VUESTRAS máscaras?".

No era el primer enfrentamiento del llamado Chico Pandémico en tiempos de pandemia. En el pasado había utilizado la postura armada cruzada de Superman para hacerse con el control de la situación. Parecía funcionar bien con niños y adultos. También le ayudaba saber que tenía a la ley de su parte.

"No somos seguidores", dijo el chico rubio, protegiéndose los ojos del sol con la mano izquierda, y luego le dio la espalda al chico para que él y su amigo estuvieran ahora cara a cara. Dijo: "Vamos a quitarle la máscara".

El chico pelirrojo se lo pensó, clavando la puntera de su zapatilla en el suelo, pensando que ya superaban en número al Chico Pandémico dos a uno. Además, era un niño pequeño, aunque era un bocazas y se lo estaba buscando. Pero no era un matón y no quería serlo. Se concentró, hizo un círculo en la tierra que tenía delante y se palpó el bolsillo de los vaqueros. "La mía está aquí".

"Demuéstralo", exigió el Chico Pandémico.

El chico rubio miró por encima del hombro al más pequeño y se volvió rápidamente. Con los puños apretados avanzó hacia el chico más joven. Dando golpecitos con el dedo en la cara del niño enmascarado, dijo: "¿Quién-te-crees-que-eres?". Cada palabra merecía su propio golpecito en la barbilla enmascarada del Chico Pandémico, y con la diferencia de altura y masa, el chico más joven tuvo que plantar firmemente los pies en su sitio.

El chico pelirrojo dijo: "Me pondré la máscara".

El llamado Chico Pandémico no habló, pero asintió con la cabeza en señal de aprobación, mientras su amigo, el chico rubio que miraba por encima del hombro, le lanzaba una mirada malévola.

Los tres se mantuvieron firmes.

***

A veces el tiempo se detiene. Como si todos los pájaros se olvidaran de volar y todos los relojes se olvidaran de hacer tictac. Éste no era uno de esos días y, a medida que avanzaba el tiempo, más niños salieron de dondequiera que hubieran estado para ver qué pasaba. Se reunieron alrededor, charlando, susurrando, intentando averiguar qué había ocurrido para que los tres chicos se quedaran quietos tanto tiempo.

"Estaba mirando por la ventana de mi habitación", dijo un chico, "y vi al chiquillo enmascarado amenazado por el rubio, que era mucho más alto y mayor. Entonces vi que eran dos y tuve que salir, sobre todo cuando el niño grande se acercó y le dio un puñetazo en el pecho al pequeño", dijo, tocándose su propia máscara como haría un adulto con una barba.

"Estaba corriendo hacia allí -dijo una niña- y lo vi todo. El chico de la máscara se lo estaba buscando, acercándose a esos dos chicos más grandes y mayores. Me sorprende que los dos no le pegaran". Luego se dirigió al llamado Chico Pandémico: "Eh, chaval, ¿por qué no corres mientras puedas? ¿Antes de que esos dos chicos mayores te den una paliza?".

El trío del centro de la multitud permaneció inmóvil, como estatuas. Escuchaban los comentarios de los otros chicos que se estaban agrupando y ellos no. A estas alturas nadie lo sabía con certeza.

El tiempo avanzó y los niños que llevaban máscaras se pusieron del lado del llamado Chico Pandémico y los niños que no llevaban máscaras se pusieron del lado de los otros dos. La multitud de niños se desplazó, se dividió en dos y formaron dos bandos distintos. Todos estaban preparados para actuar, siempre y cuando estallara una pelea.

Pasaron las horas y nadie se movió. Ni siquiera cuando las madres y los padres empezaron a llamar a sus hijos a casa para cenar. Ni cuando los padres, abuelos y hermanos empezaron a llamar a los niños para que se fueran a la cama. Ni siquiera cuando el sol fue sustituido por la luna y las estrellas.

***

Finalmente, el Niño Pandémico dijo: "Me voy a casa". Y al niño rubio más grande, el que aún tenía la cara levantada, le dijo: "La próxima vez que te vea, asegúrate de traer la máscara, ¿vale? Esto es una pandemia, tío, y...".

"Vale, vale", dijo el chico más grande, dando un paso atrás. "Y la próxima vez que te vea, asegúrate de llevar una capa". Sonrió.

"¿Prefieres algún color?", preguntó el chico más joven con una sonrisa.

Su amigo, el chico pelirrojo que ahora llevaba una máscara, dijo: "Depende de si eres fan de Batman, Robin o Superman. ¿Yo? Yo iría de negro".

"Lo mismo", dijo el chico más joven.

Todos se fueron a casa.

# LOS VISITANTES

"ESPERA UN MOMENTO", DIJO, antes de abrir la puerta principal.

Llevaba casi treinta días en cuarentena. Salir, el mero hecho de hacerlo ahora, le parecía arriesgado, aunque sólo había estado en cuarentena para proteger a sus seres queridos y a otras personas que ni siquiera conocía. Se ajustó la mascarilla, respiró hondo y abrió la puerta.

Había un comité de bienvenida esperándola y se sintió como debió de sentirse la reina Isabel cuando salió al balcón del palacio de Buckingham. Aunque su pequeña pero cómoda casa de dos dormitorios no tenía el brillo y el glamour de un palacio. Durante un segundo o dos, pensó en hacerles el saludo real, pero al final cambió de opinión cuando empezaron a aplaudir.

Avergonzada, a pesar de que una máscara cubría la mayor parte de su rostro, miró hacia arriba, donde el sol estaba en lo alto del cielo, y sintió el calor de sus rayos. Se sentía bien respirando aire nuevo y fresco, aunque la máscara le impedía inhalar profundamente. En su mente empezó a sonar una canción de John Denver. Tarareó con indiferencia.

Los aplausos habían terminado sin que ella se diera cuenta, y allí estaba, como un cerdo en un charco, mientras todos esperaban que dijera o hiciera algo. Muchos ojos llenos de lágrimas la miraban por encima de sus máscaras. No había dos máscaras iguales. Examinó a los invitados, fijándose en los ojos cuyos propietarios creía reconocer. En su mente jugó a quién es quién bajo qué máscara.

De una persona de la multitud no había duda de quién era debido a su tamaño y estatura. Era su nieta Emily. Aquellos ojos verdes, iguales a los suyos, destacaban mientras la miraban por encima de la máscara morada. El color favorito de Emily cambiaba a menudo, pero se alegró de ver que no había cambiado en los últimos treinta días. Sin embargo, había crecido. Emily saludó y dijo: "Hola abuela".

"Hola, mi querida Emily", dijo la mujer, sonriendo con los labios bajo la máscara y sobre ella con los ojos.

La mujer vaciló y luego recorrió al público de izquierda a derecha asintiendo al reconocer a cada uno de ellos.

El primero fue Brandon. Era un gran aficionado al hockey y su máscara tenía una hoja de arce de Toronto. "¡Vamos Maple Leaf's!", dijo. Ella le levantó el pulgar. Al menos alguien aún tenía esperanzas de que volvieran a ganar la Copa Stanley.

Junto a Brandon estaba la madre de su mujer, Emily. Su máscara tenía un mensaje de "I heart Jamie Oliver". Ella sonrió, preguntándose si su interés por Oliver le ayudaría a cocinar algún día un rosbif decente. Se sorprendió a sí misma en este pensamiento perverso y avergonzada de sí misma siguió adelante.

El siguiente fue el Sr. Bob Moody. Era un vecino, un viejo cascarrabias que ella no tenía ni idea de por qué había sentido la necesidad de unirse a ella con una máscara de obrero de la construcción. Le saludó con la mano, con una familiaridad que a ella le pareció extraña, pero ella le devolvió el saludo por educación.

Aburrida ya de averiguar quién era quién, el resto de los presentes se volvió borroso mientras esperaba que alguien hiciera algo o le dijera qué esperaban que hiciera. ¿Debería pronunciar un discurso? No, eso sería una tontería. Sólo habían sido treinta días de cuarentena. No podía abrazarlos. Ni acercarse más de lo que ya estaba.

Tenía la temible sensación de que alguien quería que pronunciara un discurso y se preguntaba cómo iba a dar uno que se oyera y entendiera a través de la gruesa máscara de algodón. Entonces pensó en los políticos de la televisión, como el Primer Ministro. Cuando tenía que hablar, siempre se quitaba la máscara, decía lo que tenía que decir y se la volvía a poner. Si era suficiente para el Primer Ministro, también lo era para ella. Se quitó la oreja derecha del lazo y se puso la otra.

Los invitados jadearon y se alejaron. Todos menos su nietecita.

"La abuela te quiere", dijo la mujer, lanzando un beso a la pequeña Emily.

"Yo también te quiero", respondió Emily, mientras sus padres, ahora a su lado, la hacían retroceder.

Satisfecha ahora de haber sentido el sol, de haber estado fuera, de haber visto a sus seres queridos y de haber hablado con la pequeña Emily, se inclinó, dio un paso atrás y cerró la puerta tras de sí.

Inmediatamente el teléfono empezó a sonar y sonar. No contestó.

# LA CASA

L A HABITACIÓN ESTABA VACÍA, salvo por las estanterías empotradas que flanqueaban la chimenea.

Las estanterías vacías siempre me producían melancolía. Como si el anterior propietario se hubiera llevado consigo a todos sus amigos y recuerdos, pero se hubiera olvidado de las estructuras que los habían sostenido y expuesto mientras estuvieron en la casa. Por eso, cuando me iba de una casa, por el motivo que fuera, siempre dejaba uno de mis libros (solía comprar dos de mis libros favoritos), con la esperanza de que el nuevo propietario lo disfrutara tanto como yo. Para mí era como presentarles a un nuevo amigo. Si eso me hace parecer demasiado sentimental, no me importa, porque mi querido marido siempre decía lo mismo de mí.

Mientras cruzaba la habitación, ajustándome la mascarilla, me fijé en algo arrimado a la pared tan fino como una oblea. Era una pequeña alfombra.

"¿Para qué demonios está eso ahí?". pregunté. Aunque estaba raída y era pequeña, habría estado mejor delante de la chimenea. Al menos allí la cosa lamentable habría tenido un propósito. A menudo hago eso, dotar de sentimientos a los objetos inanimados. En el mundo literario eso se llama personificación. Utilizo ese recurso tan a menudo que mi marido lo llama Maggie-ficación.

August es el nombre de mi marido. Y sí, nació en el mes de agosto, es Leo, mientras que yo soy Capricornio.

Cuando se acercó a mi lado, me estremecí. Siempre sentía frío.

Hablando a través de su máscara dijo: "Uf, qué calor hace aquí, amor. ¿Por qué tiemblas?". Se desabrochó la gruesa rebeca de lana, regalo de nuestro hijo Andrew, y se la quitó. Me la puso sobre los hombros y luego cruzó la habitación.

Me acurruqué en ella y pronuncié: "Gracias", mientras le seguía.

La agente, que era una vieja amiga de la familia, llevaba una máscara que reflejaba la empresa inmobiliaria para la que trabajaba. Se movía audiblemente por la casa en la otra habitación mientras nosotros nos hacíamos una idea del lugar por nuestra cuenta.

Poco después, entró en la habitación por la puerta más cercana al objeto que yo había visto en el suelo. Nos encontramos frente a él, como si hubiera oído mi pregunta.

Judy Marsh, que así se llamaba nuestra agente desde hacía más de veinticinco años, parecía quedarse sin palabras, algo muy poco habitual en ella. Ella y todos los demás agentes inmobiliarios del planeta.

"¿No es magnífica la chimenea?", exclamó.

Giré el cuerpo hacia el calor, mientras que August, que a menudo me acusaba de leer demasiadas novelas de Agatha Christie, entre otras cosas, ahora aburrida y con ganas de seguir, se acercó a la puerta.

Judy dijo: "He oído la pregunta que me has hecho hace un momento. Con toda sinceridad -se tocó la nariz-. "Esta casa tiene un poco de historia".

August, ahora interesado, volvió a unirse a nosotros.

"¿Qué tipo de historia? pregunté.

Judy continuó: "No tiene sentido contar historias si no te gusta estar aquí. En ese caso, podemos pasar a la siguiente casa. Tengo unas cuantas más preparadas. ¿Cuál es el veredicto sobre ésta hasta ahora?".

August dijo: "Aún no la hemos visto entera, es demasiado pronto para decirlo y...".

rematé su frase como suelen hacer las personas que llevan mucho tiempo casadas: "Y es poco amable por tu parte dejar que nos enamoremos del lugar -no digo que sea el caso- y luego bajar el auge".

"Bajar la botavara, en efecto", añadió August.

"¡Suéltalo!" exigí, mientras August me cogía de la mano.

"Vamos a la cocina", dijo Judy. "Encenderé la tetera y nos prepararé una buena taza de té. He llenado el armario con algunas cosas, como té Earl Grey y galletas, para una ocasión así. Entonces, todo se revelará".

August, al oír que le ofrecían una taza de té y una galleta, siguió a Judy hasta la cocina y yo, como suele decirse, me puse a la retaguardia. Caminamos por un pasillo de techos altos, pero bastante sucio porque no había tragaluz; si compráramos la casa, un tragaluz haría que el pasillo fuera más acogedor.

"Una claraboya sería una mejora", sugirió August, mientras él y Judy entraban en la habitación contigua a través de un par de puertas batientes como las que uno esperaría ver en un viejo western de Marlon Brando. "Habrá que quitarlas", dijo August, cuando la puerta giró y le golpeó el trasero antes de que pudiera llegar y detenerla. Se quedó allí de pie, con las manos en las caderas y la boca abierta sin que le salieran palabras.

Cuando entré en la habitación, comprendí por qué August se había quedado mudo, porque ¡qué vista tan espectacular! La cocina y el comedor estaban contiguos, en un enorme espacio rectangular de planta abierta, con ventanas y puertas de cristal que se extendían de un extremo a otro y daban a uno de los jardines más magníficos que he visto nunca. Deseaba tanto que fuera primavera, para que todo estuviera en plena floración, pero aquí el otoño también era hermoso, con los árboles luciendo sus colores otoñales.

"A Dash le encantaría esto", dijo August. Dash era nuestro pequeño perro salchicha.

"Seguro que sí", dije, mientras Judy, ahora detrás de nosotros, jugaba a ser mamá vertiendo el agua caliente en la tetera.

Ni August ni yo podíamos apartar los ojos de la hermosa naturaleza que nos esperaba a sólo unos pasos. "¿Puedo abrir las puertas?" pregunté.

Judy asintió y August hizo los honores. Inmediatamente, los sonidos del exterior fluyeron como música hasta la cocina. Había cigarras, arrendajos azules, gorriones, cardenales, un sapo arborícola... era felizmente musical, hasta que, unos instantes después, el cortacésped de un vecino entró en acción.

"El té está listo", dijo Judy.

"Justo a tiempo", dijo August, cerrando las puertas correderas y haciendo clic en la cerradura. "Hola oscuridad mi viejo amigo", arrulló August. Era una de sus canciones favoritas, un clásico del repertorio de Simon y Garfunkel.

"Aquí no está oscuro", dije, mientras Judy servía el té. Para ser sincero, no me gustaban los tés elegantes como el Earl Grey. Dame una taza de Typhoo cualquier día. Añadí dos cucharaditas llenas de azúcar, el doble de lo habitual en el viejo Typhoo, y August hizo lo mismo. Mientras sorbíamos, rechazando la galleta elegida por Judy -el gingernut-, esperamos a que empezara a contarnos la historia a la que había aludido.

***

"En primer lugar", empezó Judy, "hace décadas que nadie vive en esta casa".

"Décadas", repetí, "¿cómo puede ser?".

August vació los restos de su té. Judy hizo inmediatamente un ademán de rellenarle la taza, que él evitó bruscamente poniendo la mano encima.

Judy sonrió. "Supongo que no a todo el mundo le gusta mi infusión favorita". Volvió a llenar su taza y continuó. "La casa ha estado a la venta durante años. Hemos contratado a especialistas en puesta en escena de todo el estado, con la esperanza de que su aportación ayudara a vender. Hasta ahora, no ha funcionado".

"No tiene sentido", dijo August. "Seguro que habría menos eco si la casa estuviera amueblada". Levantó su taza vacía y suspiró.

"¿Prefieres una botella de agua?". preguntó Judy, y sin esperar respuesta fue a la nevera, sacó tres botellas y las puso delante de nosotros. Tenía la sensación de que esto iba a ser muy largo.

Un sonido extraño, procedente del jardín, golpeó nuestros oídos simultáneamente. August echó la silla hacia atrás, escudriñando el jardín, que ahora estaba sólo parcialmente iluminado, pues el sol se estaba poniendo. "¿Ves algo?" pregunté.

August tenía vista de águila, aunque era mayor que yo. "Shhh", dijo. Esperamos escuchando atentamente, pero el sonido no volvió a oírse. August volvió a su asiento y se sentó en él encogiéndose de hombros.

Judy dijo: "Es mejor que te guardes tus comentarios y preguntas hasta el final. Quiero terminar antes, es decir, lo antes posible".

August dijo: "Somos viejos, y envejecemos a cada minuto. Seguro que olvidamos cualquier pregunta que podamos tener si este cuento que estás hilando dura mucho más".

Le di una palmadita en la mano a August. "Si tienes alguna pregunta, escríbela en tu teléfono". Llevaba tiempo intentando que utilizara la función Notas de su teléfono. Yo misma la utilizaba para muchas cosas, incluida la lista de la compra. Le había sugerido que la utilizara para lo mismo. Aun así, volvía a casa sin lo que necesitábamos y regresaba de nuevo, esta vez con el papel en la mano.

"Maggie", me dijo, "sabes que no me gusta depender de la tecnología".

"Depender de los árboles", añadió Judy, "tampoco es un buen augurio para el futuro".

"¡La batería de un trozo de papel no se agota!", exclamó.

"Pero a un bolígrafo se le acaba la tinta", dije sonriendo burlonamente, y luego, dándole otra palmadita en la mano, le entregué un bolígrafo y un papel, que siempre llevaba en el bolso para estas ocasiones.

***

"Empezaré por el principio", dijo Judy.

Bajo la mesa, August arrastraba los pies y yo notaba que se impacientaba cada vez más y pensaba: "¡Adelante, mujer!", porque eso mismo pensaba yo.

Por fin, Judy fue al grano. "Cuando se asentó este lugar por primera vez, tres personas murieron aquí".

Esperó a que reaccionáramos, pero ninguno de los dos lo hizo. Ya nos habíamos dado cuenta de que algo terrible había ocurrido y dedujimos que debía de tratarse de muertes, asesinatos y/o caos. Incluso mis huesos artríticos podían sentir que algo terrible había ocurrido aquí. Me rodeé con los brazos y volví a sentir frío. August hizo lo mismo, pero él estaba más abrigado que yo, ya que antes había recuperado su cardy.

"Originalmente, aquí se construyó una iglesia en el siglo XVIII. Después de que fuera destruida y murieran tres personas -dejando sólo las estanterías y la chimenea-, todas las religiones juraron no volver a construir aquí una casa de Dios. Así pues, se construyeron casas de campo, viviendas, casas señoriales, bungalows y, con el tiempo, el diseño del bungalow de dos plantas dividido californiano en el que estamos ahora, para adaptarse a las necesidades y requisitos de los propietarios durante el tiempo asignado en el que vivían. Y así, muchos feligreses, fieles y familias han hecho de éste su lugar de culto y/o su hogar.

Empecemos por la iglesia original. A mediados del siglo XVIII, comenzó en este lugar una comunidad, una de las primeras establecidas en Ontario, después de que muchos inmigrantes eligieran este lugar para establecerse y construir su nuevo futuro.

Dos de estas personas fueron Lady y Lord Charleston, que se convirtieron rápidamente en líderes de la comunidad y que ofrecieron los fondos para construir la primera iglesia sin más reconocimiento para ellos que una pequeña biblioteca, en la rectoría, en la que la comunidad podía leer y tomar prestados libros sobre temas relacionados con la religión. Para que estuvieran cómodos mientras estudiaban o leían, se construiría una chimenea en el centro de dos de esas estanterías.

Dada la importancia de la petición, se investigó mucho qué madera sería la más duradera a lo largo del tiempo. Un inmigrante de Italia habló muy bien del ciprés mediterráneo, diciendo que había visto un altar en una iglesia romana hecho de esta madera que había sobrevivido a un incendio que destruyó el resto del edificio. Se decidió enviar a buscar algunos árboles que pudieran cultivar localmente, y ordenar también que se enviara un amplio suministro por barco a Canadá. Con el paso del tiempo, el mismo hombre habló de los poderes sobrenaturales que tenía este árbol de su antiguo país. Debido a su fuerte aroma, las familias plantaban los árboles cerca de sus seres queridos en los cementerios de todo el país, para mantener alejados a los demonios y asegurarse de que las almas de sus seres queridos llegaran al otro lado."

Algunos de los demás feligreses no estaban contentos con esta blasfemia y sugirieron que utilizaran árboles canadienses sólo para la empresa. Lord y Lady Charleston desestimaron la moción, y la comunidad esperó la entrega de la madera para la rectoría y, mientras tanto, construyó la iglesia y siguió construyendo la escuela y otros edificios. Los recién llegados acudieron en masa a la comunidad, eligiendo establecerse en un lugar que ofrecía servicios que permitían a todos instalarse más rápidamente.

Llegó la madera y se construyó la rectoría, pero no sin algunas dificultades. Primero, un hombre que bajaba los troncos de la nave, fue aplastado cuando varios troncos se desprendieron y cayeron sobre él. Después se tomaron más precauciones, pero los que habían advertido de la blasfemia murmuraban entre ellos a sabiendas.

Años más tarde, y con la colonia sin nombre, se sugirió que se llamara Nuevo Charleston, y así fue bautizada y, durante muchas generaciones, todos fueron atendidos por la comunidad y la población creció a pasos agigantados. Lord y Lady Charleston murieron, pero sus retratos fueron pintados y colocados sobre la chimenea de la biblioteca de la rectoría, entre las dos estanterías. Contra las fuertes protestas del público, la biblioteca pasó a llamarse Los Archivos de Lady Charleston, ya que la familia donó su colección de libros para llenar las estanterías."

Desenrosqué la tapa de la botella de agua y bebí un trago, mientras August echaba un vistazo a su reloj. El sol se estaba poniendo y la mayor parte del jardín trasero estaba a oscuras, salvo por un único foco que proporcionaba la luna.

"Es en esta iglesia, donde se produjeron las muertes".

August y yo nos acercamos, esperando que fuera pronto al grano. Mi estómago gruñía. Ya había pasado la hora de cenar y empezaba a conversar con el de August en un dúo de punzadas de hambre.

"¿Gingernut?" preguntó Judy, haciéndolos señas delante de nosotros. Los rechazamos educadamente. "¿Por qué no pido una pizza? Mientras la hornean y la entregan, puedo seguir con mi historia".

"Sin piña", dijo August. La pizza con piña era una de sus manías. "La piña es para la tarta al revés, no para la pizza".

"No podría estar más de acuerdo", dijo Judy, pulsando la marcación rápida de su teléfono.

"Sin anchoas", dije yo, intentando convencer a mi estómago de que se calmara.

***

"En 1847, una mujer, una desconocida, llegó a la comunidad en plena noche buscando a su marido y a su hijo pequeño. Llamó a las puertas, causando un gran alboroto, ya que era más de medianoche. Los miembros de la comunidad salieron de sus casas, compitiendo por ayudarla, y formaron un grupo de búsqueda utilizando lámparas para guiarse. Era ese tipo de comunidad, que se unía para ayudar a los demás, incluso a los desconocidos. Nadie cuestionó sus motivos, su historia o su cordura.

Era octubre, así que hacía frío, pero antes había caído la primera nevada. Anduvieron a duras penas, buscando hasta que salió el sol, y luego se reagruparon para comer, beber y averiguar más cosas de la mujer que había estado demasiado agotada para escalar el lugar con ellos. Cuando llegó, la alojaron rápidamente y la acostaron después de darle una taza de té con un chorrito de whisky para que durmiera toda la noche.

Tras más discusiones y la confirmación de que nadie había visto ni la cabeza ni el pelo del marido ni del niño, comieron juntos con alimentos proporcionados por la sociedad de mujeres de la iglesia y discutieron qué hacer a continuación. No era como hoy, que puedes imprimir carteles y pegarlos con cinta adhesiva por todas partes, ni las redes sociales eran una opción. En lugar de eso, se contrató a una artista para que dibujara a la familia basándose en la descripción de la madre. La mujer se llamaba Reba, su hijo se llamaba Jacob y su marido también se llamaba Jacob.

Una noche, bastante tarde, un lugareño vio a la mujer Reba entrar en la iglesia, llevando de la mano a un niño. Se preguntó dónde estaría el marido, pero sin darle más vueltas se fue a la cama.

Reba había llevado a su hijo a la iglesia para encender una vela en la alarma y dar gracias a Jesús por haberle devuelto a su marido y a su hijo. No habían asegurado la puerta de la iglesia porque Jacob padre se reuniría pronto con ellos. Una ráfaga de viento, que era tan feroz, sopló la llama y prendió fuego a su manga y, como en ese momento llevaba a su hijo en brazos, también se incendió su traje. El anciano Jacob entró y corrió hacia ellos, dejando la puerta completamente abierta. Más viento furioso le siguió, mientras cerraba el paso entre él y sus seres queridos. La iglesia, construida con árboles de la zona, se derrumbó con ellos dentro en un abrir y cerrar de ojos.

El salón comunitario, donde las mujeres de la iglesia estaban sirviendo comida a los voluntarios, fue el primero en oler algo ardiendo, y salieron corriendo a la calle. La mayoría de los voluntarios eran también bomberos, pero sus recursos en aquel momento eran limitados. Hicieron lo que pudieron para salvar la iglesia, pero ya era demasiado tarde. La rectoría aún no estaba engullida, así que consiguieron sacar al cura y salvar como he dicho las estanterías y la chimenea. La familia de tres pereció... calcinada hasta la nada. Cenizas a las cenizas, como dice el refrán".

Judy respiró hondo, bebió un sorbo de agua y sonó el timbre. Contar la historia le había costado mucho, así que August se ofreció a recoger las pizzas, pero Judy, diciendo que tenía que pagar -podría anotarlo como un gasto relacionado con el trabajo-, acabó dirigiéndose a la puerta. Volvió con la pizza caliente y de delicioso olor, y nos la comimos sin hablar durante un rato, aparte de los oohs y ahhs mientras disfrutábamos del sabroso festín.

Ya satisfechos y con la barriga llena, Judy continuó con la historia.

"Desde entonces, dicen que los fantasmas de aquella familia rondan esta casa. Lo que la gente ve, les asusta tanto que salen corriendo y gritando. Y a lo largo de los años, se han reconstruido casas en esta propiedad a lo largo de los siglos, pero nunca nadie ha vivido aquí durante mucho tiempo."

Se estaba haciendo muy tarde; la historia de Judy había tardado bastante en completarse.

"¿Podrías avanzar rápidamente y traernos hasta el presente?" preguntó August, de nuevo con más brusquedad de la que él o yo esperábamos. Ya había pasado su hora de irse a la cama y ponerse irritable no era del todo culpa suya.

Judy se disculpó. "Esta casa se construyó hace veinticinco años. La han comprado, vendido, alquilado, reformado... lo que se te ocurra y más veces de las que tengo dedos en las manos y en los pies para contarlas... nadie quiere vivir aquí". Miró a su alrededor. "Sí, se ve bien, pero tiene algo. Algo que hace huir a la gente. Sobre todo a estas horas de la noche. Quería saber si a ti también te pasaba".

"Así que somos tus amistosos guineapos", dijo August, apartando bruscamente la silla. "Sigamos con la visita. ¿Qué hay arriba?"

No me moví.

"¿No tienes ni idea; quiero decir, ni la más remota idea de por qué la gente actúa de una forma tan extrema? Para mí tiene poco o ningún sentido. Seguro que verías lo mismo que ellos".

"Yo nunca veo", dijo Judy.

"Pues qué extraño", dijo August.

Judy sonrió. "Ya lo sé. Y por eso, permíteme que te diga que la gente espiritual, como psíquicos, místicos, adivinos, brujas, hechiceros, etc., han estado aquí, sí, incluso han exorcizado este lugar de cabo a rabo y, aun así, sigue ocurriendo lo que hace salir corriendo a todo el mundo, incluidos todos los anteriores. Cada uno de ellos huyó a las colinas, gritando, y nunca regresó".

"Cosas y tonterías", dijo August.

Pero cuanto más hablaba de ello, más miedo me daba y más dispuesta estaba a creerlo, porque a medida que pasaba el tiempo, cada vez tenía más frío. De hecho, temblaba como si alguien hubiera caminado sobre mi tumba, aunque, por supuesto, no estaba muerta. Sin embargo. Sólo de pensarlo se me erizaba el vello de los brazos.

Judy se puso en pie. "Ahora ya sabes lo mismo que yo. El precio ya es bajo, pero aún es negociable. El propietario quiere que se venda y se vaya de sus manos... ayer. ¿Por qué no echas un vistazo al piso de arriba?".

August dijo: "Podríamos comprarlo encantados, derribarlo y reconstruir algo que se adaptara a nuestras necesidades, como un bungalow. Seguiríamos llevando ventaja y tendríamos fondos de sobra para seguir adelante el resto de nuestras vidas".

Con las rodillas temblorosas, yo también me incorporé sujetándome firmemente a la mesa. Sonaba bien, de hecho demasiado bien para ser verdad.

Judy dijo: "Es patrimonio designado. Las estanterías y la chimenea deben permanecer intactas. Esto no es negociable. De hecho, no puedo aceptar tu oferta a menos que estés dispuesto a ponerlo por escrito".

August y yo salimos de la cocina, como en trance, y acabamos de pie sobre la alfombra que ahora estaba delante de la chimenea. El fuego rugiente que escupía e iluminaba la habitación me hizo preguntarme por qué sentía aún más frío.

"...electricidad", dijo Judy.

Me había ido mentalmente al país de los libros y me había perdido lo que decía.

"...La apagué. El agua también".

Pasé la mano por la estantería central, ahora que lo tenía todo claro, mientras August salía de la habitación. Me volví y le seguí, al igual que Judy. Se detuvo al pie de la escalera, miró para ver dónde estábamos y empezó a subir. Me agarré a la barandilla y también subí. A mitad de camino, la barandilla se tambaleaba, al igual que mis rodillas. Mis pies parecían hundirse en la escalera de madera, haciéndome sentir inestable. August ya estaba arriba. Me di cuenta de que se iluminaba el camino con la aplicación de linterna de su teléfono. Me sentí orgullosa de que por fin hubiera encontrado utilidad a una de las aplicaciones que le había recomendado probar.

Cuando me reuní con él en la cima, miramos a Judy, que esperaba con el móvil apuntando hacia ella, también con la aplicación de la linterna. "Tengo que cerrar pronto", dijo.

"Daremos una vuelta", dije, mientras August se alejaba de mí en dirección a la puerta del fondo del pasillo. Mientras caminaba, la gruesa alfombra bajo mis pies parecía blanda, por lo que me resultaba difícil apresurarme. August abrió la puerta de golpe, mostrando un cuarto de baño decorado en color melocotón, con lavabo, bañera, inodoro y ducha. El cuarto de baño estaba adornado con accesorios: una de esas alfombras enmoquetadas tirada por la base. El estilo no era de nuestro gusto y así lo dije, mientras cerrábamos la puerta y pasábamos a un dormitorio, más bien pequeño, decorado en azul con coches circulando por las paredes y estrellas que se iluminaban al apuntarles con la linterna en el techo.

"Me gustan esas luces de estrellas", dijo August, saliendo el niño que llevaba dentro. Me sorprendió que no le gustaran también los coches del papel pintado. Quizá sí, pero de los dos prefería las estrellas.

"Sí, quitémoslas y pongámoslas sobre la chimenea, eso si la compramos", dije.

Pasamos a otra habitación, la de invitados, llena de flores de todo tipo, clase y color. Había girasoles estarcidos en la parte posterior de la puerta.

"Muy hogareño", dije, mientras avanzábamos por el pasillo hasta la última habitación: el dormitorio principal. Se me ocurrió que una casa de este tamaño debería tener más de tres dormitorios.

August dijo: "Podremos construir más habitaciones en el terreno, cuando convirtamos esto en un bungalow. Aquí se desperdicia mucho espacio".

Miramos el cuarto de baño, que también estaba muy anticuado, de color melocotón, aunque tenía una bañera de hidromasaje adornada con grifería y accesorios dorados. Y sobre ella, un gran bow window ofrecía una vista panorámica de lo que supusimos que debía de ser el jardín trasero.

August subió a la bañera y me cogió de la mano. Permanecimos juntos, uno junto al otro, mirando hacia el jardín mientras aparecían tres figuras. Alineadas por altura, a la izquierda había un hombre, aunque dada su estatura se podría haber pensado que era un niño. Su atuendo incluía un sombrero de moño, camisa de lino con volantes por encima de la cintura, chaqueta hasta la rodilla y calzones que demostraban lo contrario. De la mano del hombre iba un muchacho cuya chaqueta le caía justo por debajo de la cintura, mientras que los pantalones le llegaban hasta la rodilla y sus mechones oscuros se desparramaban por debajo de la gorra. Completaba el trío una mujer que llevaba de la mano al niño. Llevaba un grueso abrigo acolchado que le cubría la ropa y un gorro de dormir sobre la cabeza, como si hubiera salido a la noche de improviso. Los rostros de las tres figuras estaban paralizados por la luna y las estrellas, o eso o estaban hechizados.

"¿Son de verdad? susurré agarrándome al hombro de August, pero antes de que pudiera terminar, tres pares de ojos nos miraron directamente y, al mismo tiempo, lanzaron un chillido con unas voces tan agudas que debieron de despertar a todos los perros del vecindario. Los tres dijeron,

"Todos los días venimos aquí a quemarnos".

Nos tapamos los oídos mientras repetían su canto de sirena, entonces las llamas, empezando por los pies y subiendo hacia arriba, los envolvieron y pronto sus chillidos se convirtieron en gemidos mientras se desplomaban en el suelo convertidos en montones de cenizas.

Grité. Y entonces ocurrió algo que no había ocurrido en todos los años que llevamos casados: August también gritó.

Salimos de la bañera, bajamos corriendo las escaleras, pasamos junto a Judy y salimos por la puerta principal a una velocidad que dos vejestorios como nosotros nunca habríamos creído posible. Subimos al coche de Judy; ella había conducido mientras nos enseñaba la propiedad. Cuando entró, arrancó, haciendo chirriar los neumáticos mientras avanzaba.

Cuando nos habíamos alejado bastante de la casa, Judy nos dijo con toda naturalidad: "Mañana a primera hora te prepararé una lista de otras casas para que las veas. Te encontraremos la casa perfecta. Hay muchas casas bonitas en el mercado para que elijas". Nos miró por el retrovisor.

Yo aún temblaba y me aferraba a August.

"¿Quieres contarme lo que has visto?" preguntó Judy.

"¿No les oíste?" pregunté.

Judy negó con la cabeza.

"Créeme, tú eres la afortunada", dijo August. "Ahora llévanos a casa. Nos quedamos aquí".

August y yo nunca volvimos a hablar de la casa.

# UN ASESINATO

M E SENTÉ EN EL coche, demasiado asustada para salir.

Desde detrás del cristal tintado podía verlo todo, así que ¿por qué ponerme en peligro? ¿Por qué arriesgarme a una infección cuando lo único que quería era un poco de naturaleza?

¿Por qué no te quedas en casa, cariño? oí tu voz suave preguntándome dentro de mi cabeza. Como si estuvieras aquí, sentado en el asiento del copiloto a mi lado. Tú, siendo mi difunto marido Gerald -cuarenta y dos años casados antes de que COVID acabara con él-. Sí, mi Gerald sucumbió al virus al principio de esta época loca de nuestras vidas. Antes incluso de que aquellos que decían estar bien informados lo llamaran pandemia.

Incluso cuando se confirmó oficialmente que Gerald había estado expuesto a él y estaba infectado, no lo creyó. Sólo había cedido a ser evaluado porque le había convencido para que viniera conmigo, ya sabes, como dijimos en nuestros votos en la salud y en la enfermedad. Había estado cerca de alguien que la había contraído mientras trabajaba como voluntario en el banco de alimentos. No tuve que hacerme la prueba, pero pensé que más valía prevenir que curar y me puse en cuarentena voluntaria durante catorce días; al menos Gerald y yo podríamos estar juntos.

Cuando llegaron los resultados, Gerald la tenía y mi prueba dio negativo. Como nos habíamos metido el uno en el bolsillo al otro, lo más probable era que yo también la tuviera, sólo que era asintomática, así que nos pusimos los dos en cuarentena felizmente juntos, como habíamos estado durante los cuarenta y cinco años que llevábamos conociéndonos.

Estábamos preparados para enfrentarnos juntos a la enfermedad, así que me dijeron que me mantuviera alejada de Gerald, que limitara el contacto con él, que mantuviera una puerta entre nosotros, que llevara mascarilla, que me lavara las manos a menudo... ya sabes lo que hay que hacer. Tomé la habitación de invitados; Gerald tenía nuestra habitación. Nos dimos las buenas noches a través de la pared, como hacían los de la familia Walton.

Una noche que no podía dormir, le canté a través de la pared unos cuantos estribillos de la canción con la que habíamos tenido nuestro primer baile en el instituto, una canción llamada Make Me Do Anything You Want de A Foot in Coldwater. La tarareé para mis adentros, mientras observaba lo que ocurría fuera. Un grupo de gansos canadienses comía la hierba a unos metros de distancia. Bajé un poco la ventanilla para oír su parloteo. Respiré hondo, dejando que entrara el aire del exterior, pero el aire fresco no me impidió recordar la siguiente parte, la más dura, cuando me arrebataron a Gerald y lo ingresaron en el hospital. No me dejaron subir a la ambulancia con él, y se desplomó tan deprisa que no volví a verle con vida.

Primero llamé a los niños. Por supuesto, ya son mayores y tienen sus propios hijos. Niños, cabras. Niños es, por supuesto, lo que quiero decir. No estoy seguro de cuándo volví a la descripción común. Probablemente porque Gerald no está aquí para decirme que no lo haga.

Nuestros hijos no pudieron venir debido a las restricciones de distanciamiento social. Sus zonas estaban en la Fase 2. Además, no valía la pena correr el riesgo de contraer el virus ellos mismos, ni el riesgo de llevárselo a nuestros nietos. Nos pusimos frente a frente -con la ayuda de una amable enfermera-, pero Gerald no habló. Para entonces, la sonrisa había desaparecido de sus ojos y lo supe.

Después del entierro -nadie vino al funeral aparte de mí-, no sabía qué hacer conmigo misma. Fue aún peor después del pago del seguro. Toda nuestra vida habíamos escatimado y ahorrado, y ahora que se había ido, no había ningún sitio adonde ir, no con la pandemia acechando en cada esquina, y mi Gerald no estaba allí para compartirlo conmigo, así que no tenía sentido ir en primer lugar. Tanto dinero y no se me ocurría ni una sola cosa que quisiera o necesitara, aparte de Gerald.

A medida que se acercaba el otoño y las hojas empezaban a encenderse, innumerables veces señalé a nadie un árbol especialmente impresionante. Y luego estaba Acción de Gracias en el horizonte. Normalmente preparábamos el festín familiar, con la típica comida canadiense, como tarta de calabaza, salsa de arándanos, pavo, jamón, relleno, puré de patatas, verduras y ensalada de col. Gerald solía trinchar el ave mientras yo organizaba todo lo demás. Luego íbamos alrededor de la mesa y todos, incluso los más pequeños, decían por qué habían dado las gracias el año anterior. Recordé que el pequeño Kevin había declarado que estaba muy agradecido por "Bampa", el abuelo. Los ojos de Gerald se habían iluminado aquel día como el sol que sale de entre las nubes tras varios días de lluvia.

Mi hija me sugirió que organizara una cena virtual de Acción de Gracias. Su corazón estaba en el lugar adecuado, pero la idea era absurda. Por mi cuenta, prepararía una Cena de Pavo por TV y me la comería mientras veo Un Día de Acción de Gracias de Charlie Brown.

Así que vuelvo a estar aquí sentado en este maldito automóvil, con los cristales tintados subidos, demasiado asustado para salir del coche. Mientras mis ojos recorren el paseo, veo a Sonny y Evelyn Marshall y, antes de que pueda agacharme, ellos me ven a mí. Se dirigen hacia mí. Se han enterado del fallecimiento de Gerald y quieren presentarle sus respetos, y ya es demasiado tarde para que arranque el coche y salga marcha atrás de este aparcamiento.

Ahora, delante del coche, con máscaras, Sonny golpea mi ventanilla mientras Evelyn se acerca al lado del copiloto.

"Hola", digo a través de las ventanillas cerradas. Suena mi teléfono. Lo señalo, haciéndoles saber que tengo que atender una llamada, y luego veo quién llama: es Evelyn. "Hola, otra vez", digo, mientras Sonny rodea la parte delantera de mi coche, deteniéndose brevemente para mirarme a través del parabrisas, antes de seguir adelante y reunirse con su mujer.

Evelyn dice: "Nos hemos enterado de lo de Gerald. Lo sentimos mucho y sólo queríamos pasar a decírtelo. También decirte que si necesitas algo, lo que sea, llámanos. Nos gustaría estar a tu lado todo lo que podamos durante esta pandemia". Sonny rodeó a su mujer con el brazo.

"Estoy bien", le digo. "Gracias por la amable oferta y por pasarte por aquí". Cuelgo y cuelgo el teléfono con la esperanza de que se vayan.

Sonny dice algo, que normalmente yo sabría qué, ya que soy bastante buena leyendo los labios, pero con estas máscaras puestas cualquiera puede decir cualquier cosa. Él y Evelyn saludan con la mano mientras vuelven al camino y se marchan.

Observo cómo unen sus manos, cómo se hacen cada vez más pequeños. Cuando se han ido, un cuervo negro se posa en el capó de mi coche y me mira a través del cristal tintado. Bajo la ventanilla y digo: "SHOO".

El cuervo se mueve hacia mí, se eriza las plumas y responde con un desafiante "¡CAW, CAW!".

Vuelvo a subir la ventanilla y observo cómo se pasea por el capó de mi coche. Deja un rastro de huellas de pájaro en mi polvoriento vehículo. Arranco el motor y rocío agua sobre el parabrisas. El pájaro no se mueve. Agito el limpiaparabrisas varias veces. El pájaro me mira, mueve la cabeza y hace caca. Toco el claxon y veo cómo se eleva, planea, hace un poco más de caca, esta vez golpeando el faro antes de despegar hacia el agua.

A un grupo de cuervos se le llama asesinato. Cuando Gerald murió, a causa de un virus creado por el hombre que se desató en nuestro planeta, su muerte no se llamó asesinato, aunque debería haberse llamado asesinato.

Rebusco en el bolso y saco la máscara. Me paso un lazo por la oreja derecha y el segundo por la izquierda. Me aseguro de que está bien colocada, sobre la nariz y bajo la barbilla. Salgo del coche y me asomo a la luz del sol.

Buena chica, arrulla Gerald, mientras una matanza de cuervos forma un círculo sobre mi cabeza, y me pongo delante de un vehículo en marcha.

# SIN MÁSCARA

ÉL ESTABA DE PIE a un lado de la habitación y ella al otro.

Ambos iban vestidos -o demasiado vestidos-, que era como ella percibía su aspecto. Pulido fue la primera palabra que le vino a la mente, pero algo en él parecía demasiado resbaladizo. Como si quisiera que se enamorara de él más de lo que ya estaba.

Al menos se había presentado, aunque ella se había negado a hacer lo que él le había pedido y éste era su primer encuentro en persona.

Se habían conocido en una aplicación de citas. No hay ninguna ley que lo prohíba, todavía. Con el tiempo habían desarrollado una relación. Él siempre terminaba sus mensajes con un emoji de corazón palpitante. Ella siempre terminaba con un "atentamente", como si terminara una carta. Era una novata en el escenario de las aplicaciones de citas, pero con las estrictas leyes de pandemia vigentes, ¿de qué otra forma iba a conocer a alguien?

Tras algo más de dos meses de mensajes y correos electrónicos, le pidió quedar con ella en persona. Ella aceptó a regañadientes. En cierto modo, si no se conocían, podría imaginarse que él era todo lo que decía ser. Y lo que era más importante, no quería parecer demasiado ansiosa o desesperada.

Él se había tomado tantas molestias, organizándolo todo, incluido el lugar al que pensaba llevarla. Al principio, no podía creer su suerte. Mientras esperaba a que le confirmara los detalles, sus emociones pasaron de la excitación al escepticismo. ¿De verdad podía reservar un lugar tan exclusivo sólo para ellos dos? Cuando él le envió un mensaje con los detalles, ella soltó una carcajada y respondió con un emoticono de una cara sonriente. El primero de la relación.

Inmediatamente después se dirigió al armario y abrió las puertas de espejo. Revolvió las perchas hasta que encontró su vestido más caro, el que llamaba su vestido elegante. Lo llamaba así en memoria de su difunta madre. Era un número de imitación que había comprado en Internet y su posesión más orgullosa. Lo sostuvo contra sí misma, mirándose al espejo y tratando de decidir con qué joyas lo acentuaría: ¿diamantes de imitación o perlas? Se decidió por los primeros.

La mañana del gran acontecimiento, se levantó temprano para comprobar su bandeja de entrada. Esperaba que le enviaran un mensaje de texto diciendo que había tenido que cancelarlo. En realidad, una parte de ella esperaba que lo cancelara, pero el buzón estaba vacío y no había mensajes de texto. Fue a la cocina a prepararse una taza de café y volvió a mirar por si él se había puesto en contacto. Esta vez incluso miró en la bandeja de correo no deseado, que también estaba vacía.

A lo largo del día se mantuvo ocupada. Primero se dio un largo baño de vapor y se exfolió. Después comió algo ligero. Volvió a comprobar si había mensajes y, al no encontrar ninguno, se peinó y se arregló las uñas. Antes de maquillarse, buscó en las redes sociales. Al no encontrar indicios de su actividad reciente, se puso los zapatos de tacón más altos, los que hacían que sus piernas parecieran más largas. Para rematar el look, se aplicó una capa de pintalabios rojo manzana y se puso delante del espejo. Perfecto.

Excepto por una cosa: su bolso de mano a juego. Metió en él el móvil y la tarjeta de débito, volvió a por el pintalabios y ya estaba preparada para cualquier cosa.

Cuando salió por la puerta principal y se puso la mascarilla, llegó el taxi. Lo había reservado la noche anterior para asegurarse de que no llegaría demasiado tarde ni demasiado pronto. Quería que el momento fuera perfecto para su primer encuentro en persona.

***

Se pasó el día comprobándolo todo dos veces, como siempre hacía en esas ocasiones.

Estaba deseando conocerla por fin en persona. En Internet parecía más tímida e ingenua que cualquiera de las otras con las que había chateado. Parecía tan tímida, tan irreal que se había negado en redondo a enviarle una foto suya desnuda. Desnuda significa sin máscara.

Antes de que aceptara reunirse con él, tuvo que asegurarle que se seguirían las directrices. Bueno, no sólo seguidas, por así decirlo, es decir, ella exigía nada menos que su garantía personal de que no serían interrumpidos.

Cuando cayeron los líderes de todo el mundo, se formó el gobierno internacional para llenar el vacío. Con el G.I. al timón, el mundo exigió penas más severas para los hooligans de distanciamiento social incumplidores. Los recién formados Asociados Pandémicos Internacionales (A.P.I.) fueron autorizados a hacer cumplir las leyes de distanciamiento social utilizando cualquier medio necesario.

Tras la caída de los líderes mundiales se produjo una feroz protesta pública. Las redes sociales se inundaron de desinformación. La gente exigió justicia, saliendo a la calle con pancartas y signos de paz. Cuando no pudieron silenciarlos, y las cárceles se llenaron hasta los topes, las ejecuciones públicas se convirtieron en ley.

A pesar de todo, había conseguido conservar su dinero y no temía utilizarlo cuando le beneficiaba. Había engrasado algunas palmas para reservar el local, contratar al personal y asegurarse de que no les molestarían. No podía hacer nada para evitar que los observaran. Las cámaras de seguridad, ya que estaban por todas partes.

Su esmoquin había sido recogido y seguía envuelto en la funda de plástico que llevaba en el viaje de vuelta a casa desde la tintorería. Había estado en cuarentena en el garaje hasta que fue necesario. Nunca se es demasiado precavido. El tiempo estándar para poner los tejidos en cuarentena era de cuarenta y ocho horas. Por precaución, la había dejado en el garaje una semana entera.

Cuando estuvo completamente vestido, lo último que hizo fue ponerse la mascarilla antes de entrar en su vehículo. Había poco tráfico y aparcar era fácil.

Quería que todo fuera perfecto.

Como esperaba que fuera.

***

Salió del taxi a la acera y cerró el paso entre ella y el local.

En el suelo, escrito con tiza en la acera, había un mensaje dirigido a ella. Decía: "Cariño, sígueme". Sonrió y siguió el rastro de corazones grabados en las piedras. De vez en cuando, sus dedos buscaban consuelo en la máscara que cubría su rostro. Ahora era como otra capa de piel.

Entró por las puertas abiertas, siguiendo más corazones que la guiaban por el pasillo.

Por fin, llegó con la esperanza de que su verdadero amor, su alma gemela, la estuviera esperando.

***

Al otro lado de la sala, sus miradas se cruzaron. Ella con su vestido negro sin mangas y él con su esmoquin negro.

"¡Has venido!", dijo él con una fuerte voz afirmativa.

"Sí", respondió ella en un susurro sin aliento.

Ralentizó el latido de su corazón, observando la habitación. La atención al detalle era impecable. La mesa estaba puesta para dos, con la mejor porcelana, cristal y plata. La mesa se extendía a lo largo de la habitación. En el centro, un magnífico candelabro irradiaba romanticismo.

"Siéntate, por favor -dijo él.

Ella se sentó en su extremo y él en el suyo. Antes de que se hiciera un silencio incómodo, él dio una palmada. Dos camareros llegaron por una puerta en la que ella no había reparado. Vestidos de pies a cabeza con trajes integrales que no habrían desentonado en la Luna, se acercaron. Con sus manos enguantadas llenaron las copas de champán y sus cuencos con un ligero consumir.

Él chasqueó el lateral de su copa con un cubierto y ella hizo lo mismo. En las bodas, este ritual se realizaba antaño como una petición para que los recién casados intercambiaran un beso. Sólo pensarlo, desenmascararse en público, la hacía estremecerse. En este nuevo mundo pandémico, el tintineo indicaba que el iniciador quería ofrecer un brindis.

"Por vosotros", dijo él levantando la copa.

"Por nosotros", dijo ella, sonrojándose furiosamente, oculta bajo la máscara.

Los camareros llegaron periódicamente portando bandejas. Tras su última presentación de Jubileo de Cerezas flambeadas, los camareros hicieron una reverencia. Esto indicaba que no volverían.

"Si pudiera besarte", dijo él, más alto de lo que le hubiera gustado, pero lo bastante como para dar cuenta de su máscara.

Estas palabras de él la encendieron. Antes de darse cuenta de lo que estaba haciendo, se había levantado y le había lanzado un beso. Volvió a sentarse e imaginó que el beso flotaba en el aire por la mesa como una pluma.

Él lo atrapó y se lo llevó a los labios. "No es suficiente", arrulló.

Ella volvió a lanzar la silla hacia atrás. Raspó el silencio.

Sus zapatos de tacón sonaron al cruzar el suelo. Tropezó con la excitación mientras avanzaba por la mesa hacia él.

A medida que avanzaba hacia él, el aire acondicionado emitía su dulce perfume en su dirección. Hasta entonces, él sólo había sido testigo de sus ojos azul coral y de los pequeños lóbulos de sus orejas, bajo los cuales se engarzaban las correas de la máscara. El corazón le latía tan deprisa que estaba seguro de que se le saldría del pecho. Para calmarse, dio vueltas y vueltas a su anillo de boda en el dedo, preguntándose si aquella chica merecía la pena. ¿Era suficiente para él como para arriesgarse a violar la ley? ¿Moriría por ella?

"¡Alto!", gritó, levantando violentamente la mano en el aire como un guardia de tráfico escolar enfadado.

Ella, aún en fuga, se mordió el labio bajo la máscara.

Se aseguró la máscara en su sitio.

Mientras el ojo de la pared parpadeaba detrás de ella, él susurró: "¿He olvidado mencionar que estoy casado?".

Ella siguió corriendo hacia él, mientras las puertas que había detrás se abrían.

"¿Olvidé mencionar que estoy con el GI?", inquirió ella, mientras los dos hombres con trajes espaciales lo tiraban al suelo.

# Agradecimientos

Gracias al maravilloso equipo de personas que me han apoyado emocionalmente a mí y a mis escritos a lo largo de los años, así como a aquellos de vosotros (ya sabéis quiénes sois) que me habéis ayudado con aspectos técnicos como la corrección de pruebas, la edición, etc. En serio, no podría haberlo hecho sin cada uno de vosotros.

¡Un millón de gracias a todos!

Con todo mi cariño,

Cathy

# Sobre el autor

Cathy McGough, autora ganadora de varios premios, vive y escribe en Ontario, Canadá, con su marido, su hijo, dos gatos y un perro. Si quieres enviar un correo electrónico a Cathy, puedes ponerte en contacto con ella aquí:

cathy@cathymcgough.com

A Cathy le encanta recibir noticias de sus lectores.

# También por

FICCIÓN

El hijo de todos

El Secreto de Ribby

Entrevistas con escritores legendarios del más allá (2º LUGAR MEJOR REFERENCIA LITERARIA 2016 METAMORPH PUBLISHING)

Diosa de tallas grandes

NO FICCIÓN

103 Ideas Para Recaudar Fondos Para Padres Voluntarios Con Escuelas y Equipos (3er LUGAR MEJOR REFERENCIA 2016 METAMORPH PUBLISHING.)

+

Libros para niños y jóvenes.